漫長的聖誕晚餐
The Long Christmas Dinner

懷爾德（Thornton Wilder）著／林尙義 譯・導讀

序文

　　《漫長的聖誕晚餐》（*The Long Christmas Dinner*）為美國劇作家索爾頓・懷爾德（Thornton Niven Wilder）的作品，寫於西元1931年。作者於1897年出生於美國威斯康辛州麥迪遜市（Madison），1915年懷爾德在父親的要求下進入歐柏林學院（Oberlin College）就讀，因為他個人熱愛文學藝術，於是在1917年轉學到耶魯大學（Yale University），當時第一次世界大戰還未結束，懷爾德休學入伍參戰。退役後回到原耶魯大學完成大學學業，大學畢業後開始從事寫作生涯並在學院繼續作研究工作，最初都是短篇小品和故事，其作品充滿了人間的冷暖情懷、生活的故事，以及人文主義的精神。

　　《漫長的聖誕晚餐》劇情整體過程，講述了十九世紀末到二十世紀的美國人過節慶的團圓聚餐，描述一個家族的生活與環境。《漫長的聖誕晚餐》劇情主要在講述一個貝亞德的家庭，這個家庭在劇情中總共敘述了三代的家族成員以及兩位親戚的加入，劇情以快速及短暫停頓的方式渡過了九十

年，同時也經過了這漫長次數的聖誕晚餐，背景是貝亞德家的餐廳裡，在長餐桌上擺設了豐盛的聖誕大餐，家人每年聖誕節聚餐上閒話家常，在對話中讓觀眾看到一個家庭的故事。

　　《漫長的聖誕晚餐》所描寫的是二十世紀三〇年代美國人日常生活之回顧寫照，描述故事透過戲劇形式的傳達，由出生到死亡大家都很熟悉的平凡過程，將實際生活寫照做到充分表達。《漫長的聖誕晚餐》整體而言其素材十分的傳統，但是編劇方法與舞臺的呈現是極富創意的。本書增加了《漫長的聖誕晚餐》的導讀與分析的部分，將此劇本做了分析與討論。尤其針對幾個重複性的對話做了重點分析，首先是「哭泣」，其次是「被結冰纏繞著」，以及「疼痛」的遭遇，這些都是人生過程中的感受，值得我們去深思與體會。除此之外，對於這部劇作的舞臺設計與舞臺區位，本書提供了看法與參考方向。

　　本書希望藉著喜愛西洋文學與戲劇的讀者有一本優良的劇本來閱讀，美國劇作家懷爾德的戲劇作品是國內劇場經常在劇場界所演出的舞臺劇之一，可見國內有不少觀眾是喜愛懷爾德的作品。《漫長的聖誕晚餐》中文版劇本正式公開的出版，希望讓臺灣讀者能夠方便閱讀到懷爾德的劇本。《漫長的聖誕晚餐》劇本於 2012 年開始以一年的時間翻譯，以及長時間等待版權的核准。在此要特別感謝居住於紐約的 Violet Tang 女士，在翻譯上以及在申請版權上給予的協助，使得這本書能夠順利完成出版，同時期望讀者給予不吝的指教，讓這本書力求盡善盡美，而個人在劇場領域上能夠以此作為微薄的貢獻。

林尚義　謹識
2013 年 12 月 31 日於臺北

漫長的聖誕晚餐
The Long Christmas Dinner

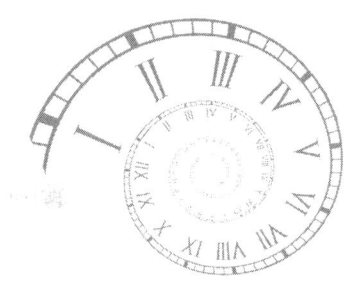

目　錄

i	序文
1	懷爾德年表
5	懷爾德生平照片
7	《漫長的聖誕晚餐》導讀與分析
31	**Part 1** 《漫長的聖誕晚餐》中文劇本
	--- 角色人物
	--- 舞臺佈景
	--- 給舞臺監督的筆記
	--- 漫長的聖誕晚餐
75	**Part 2** 《漫長的聖誕晚餐》英文劇本
	--- CHARACTERS
	--- THE SCENE
	--- NOTES FOR THE PRODUCER
	--- THE LONG CHRISTMAS DINNER

懷爾德年表

Thornton Niven Wilder
1897 年
　　4 月 17 日出生於美國威斯康辛州麥迪遜（Madison, Wisconsin），他父親阿莫斯・帕克・懷爾德（Amos Parker Wilder）是位美國外交官，母親伊莎貝拉・懷爾德・尼文（Isabella Niven Wilder）。懷爾德的父親曾經被外派到清朝時的中國工作，其父親任職美國駐香港與上海總領事，懷爾德的童年曾經在中國度過。

1912 年
　　與他的母親和兄弟姐妹隨家人由中國返回美國加州，曾經在中學期間完成第一齣劇作《狂想曲──俄羅斯公主》（*The Russian Princess -- An Extravaganza*）。

1915 年
　　加州柏克萊（Berkeley）中學畢業。在父親的要求下進入歐柏林學院（Oberlin College）就讀。

1917 年
　　轉到耶魯大學就讀，當時第一次世界大戰還未結束，懷爾德休學入伍參戰。

1920 年

退役後回到原耶魯大學就讀，於 1920 年畢業獲得文學學士。1920 年至 1921 年得到獎學金赴羅馬研究古蹟以及古歷史文物。

1926 年

獲得普林斯頓大學（Princeton University）法語文學碩士，此年出版了他的第一本小說《奧祕》（*The Cabala*）。

1927 年

出版了第二部小說《聖路易瑞橋》（*The Bridge of San Louis Rey*），首次得到普立茲獎（Pulitzer Prize）。

1930 年

開始任教於芝加哥大學，並完成《安德羅斯島的女人》(*The Woman of Andros*) 小說。

1931 年

完成劇本《漫長的聖誕晚餐》(*The Long Christmas Dinner*)，以及《法國皇后》（*Queens of France*）、《普爾曼汽車海華沙》（*Pullman Car Hiawatha*）、《愛與如何治療它》（*Love and How to Cure It*）、《這樣事情的巧合只有在書裡》（*Such Things Only Happen in Books*）、《特倫頓和卡姆登逍遙之旅》（*The Happy Journey to Trenton and Camden*）等獨幕劇文本。

1935 年

完成小說《我的目標天堂》（*Heaven's My Destination*）。

1938 年

劇本《小鎮》（*Our Town*）為懷爾德贏得第二座普立茲獎，此年為百老匯寫劇本《揚克斯商人》(*The Merchant of Yonkers*)。

1942 年
　　完成一部不朽的劇本《出生入死》（The Skin of Our Teeth），第三度贏得普立茲獎。

1943 年
　　希區考克（Alfred Hitchcock）大師所執導電影驚悚片《辣手摧花》（Shadow of a Doubt）邀請懷爾德擔任編劇，並與 Sally Benson 及 Alma Reville 共同完成此電影劇本。

1948 年
　　完成小說《被暗殺的三月》（The Ides of March），此英文名也有翻譯成《三月十五日》，此日期為羅馬皇帝凱撒大帝被暗殺的日子。2011 年美國以此同名之電影為 The Ides of March，中文片名譯為《選戰風雲》。

1954 年
　　依《揚克斯商人》（The Merchant of Yonkers）改寫成《紅娘》（The Matchmaker）劇作。

1955 年
　　以希臘神話故事完成劇作《阿爾刻提斯》（The Alcestiad），曾經於 1957 年於德國演出。

1957 年
　　懷爾德接受德國頒發德國圖書和平獎（Peace Prize of the German Book Trade）。

1960 年
　　完成劇本《童年》（Childhood）與《年幼時期》（Infancy）。

1962 年

完成劇本《布利克街的重頭戲》(Plays for Bleecker Street)。

1964 年

懷爾德的《紅娘》(The Matchmaker)劇作，被改寫成歌舞劇《我愛紅娘！》(Hello, Dolly!)於紐約百老匯演出，獲得十項東尼獎。

1967 年

於 1962 年至 1963 年期間於亞利桑那州道格拉斯，撰寫長篇小說《第八日》(The Eighth Day)，1967 年榮獲美國國家文學獎(National Book Award)。

1973 年

他的最後一部小說《北方的狄奧菲勒斯》(Theophilus North)，之後再版名為《北方先生》(Mr. North)，1988 年美國以此同名之電影 Mr. North 中文片名譯為《會發電的小子》。

1975 年

12 月 7 日，在康乃狄克州哈姆登(Hamden, Connecticut)過世，享年 78 歲。生前和他的妹妹伊莎貝爾在那裡生活了很多年，懷爾德最後葬在哈姆登的迦密山(Mount Carmel)公墓。

懷爾德生平照片

懷爾德於 1920 年於耶魯大學畢業獲得文學學士時的照片。

懷爾德於西元 1931 年寫作時的照片。

懷爾德於西元 1935 年在紐約時的照片。

《漫長的聖誕晚餐》導讀與分析

林尚義

壹、前言

　　《漫長的聖誕晚餐》此齣劇是獨幕劇，不需換景，過程的歷史時空是從十九世紀末美國移民社會到二十世紀初逐漸經濟富裕的美國，時間地點是聖誕節的團圓聚餐，劇中生活環境是以一個家族為背景。內容主要在講述貝亞德的家庭，這個家經歷三代家中成員還有兩位親戚的投靠加入，劇情進行需要以暗中變化的方式渡過了九十年的歲月，也以此經過漫長次數的聖誕晚餐，角色扮演其面貌、肢體、性格、習慣，需要在短暫的時間上，於不知不覺中慢慢的、逐漸的起了變化。

　　背景是貝亞德家的餐廳裡，在長餐桌上擺設了豐盛的聖誕大餐，家人每年聖誕節聚餐上閒話家常，在對話中讓觀眾看到一個家庭的故事。《漫長的聖誕晚餐》的劇情是二十世紀三〇年代美國人生活之回顧寫照，從人的生平用戲劇形式的表達，雖然出生與死亡是大家都很熟悉的事件過程，而故事背景是美國一個平凡的小鎮，此家族過的是富庶而平凡的生活，但是懷爾德將人的實際生活寫照做到了充分的表達，整體素材雖傳統，但懷爾德編劇方法與舞臺表現方式卻是引人矚目的。

貳、劇作家創作的背景

一、基督教背景與文學風格

　　懷爾德從小的信仰是美國傳統的基督教，他的家庭背景、父母給予的教導都是遵守《聖經》，母親教育他嚴守基督教的

信念，懷爾德父親對他的學習期望與要求是十分嚴格的，他從小就接受了人文主義的思想，長大之後其個性也強調道德的價值性。其父親於 1906 年至 1909 年間為美國駐香港總領事，懷爾德曾經隨父親於 1906 年間居住香港，1911 年他的父親奉調為上海總領事時，懷爾德隨家人來到中國，懷爾德在中國的時間雖不久，對於中國的人情風俗或許多少也有些印象。懷爾德 1912 年返回加州柏克萊中學就讀，懷爾德返回柏克萊之後十分熱衷於劇場，並對莎士比亞作品興趣濃厚。

1912 年在中學期間完成第一齣劇作《狂想曲——俄羅斯公主》（*The Russian Princess -- An Extravaganza*）。在大學求學期間，歐柏林文學院教授查爾斯・華傑（Charles Wager）的啟發與靈感，幫助懷爾德吸收新人文主義的思想，他特殊的寫作風格反映了他早期的生活經驗，並幫助懷爾德塑造了其獨特的寫作風格，這是美國文壇上其他人難以和他有相同的地方。

西元 1934 年懷爾德認識了一位對他的文學思想很有幫助的格特魯德・斯泰因（Gertrude Stein）女士，她是美國重要的作家與詩人，在她的一生中與知名的前衛文學與藝術界的成員保持重要的第三關係，斯泰因向來住在巴黎，曾經回美國在芝加哥大學講學。斯泰因帶給懷爾德的觀念是對美國大陸的浩大和寬廣有了真正的認識。她認為英國是一個島國，心胸難免受限，而美國有一片無限的平原。她認為應當超過個人人格的限制，超越時空、超越自我，斯泰因的觀念影響了懷爾德的寫作風格。

雖然基督教的信仰對懷爾德成長背景有著不小的影響，在他往後的作品裡反而沒有濃厚的宗教神學觀點或道德說教的意味，但是他傳遞給觀眾的哲理是關懷人群，探討人世間的問題，讚頌生活上的過程與細節，以及人生擁有著美好的回憶。

二、作品受到肯定，得到美國普立茲獎

懷爾德1920至1921年得到獎學金，到羅馬研究古蹟與古歷史文物，在這段期間影響了他的思想邏輯，他對於人生的觀念，認為過去是建立現代生活的支持力量，而現在是不斷持續時間的部分。1926年暑假，他暫時放下教職工作，專心從事寫作，於1926年出版了他的第一本小說《奧祕》（*The Cabala*），接下來1927年出版了第二部小說《聖路易瑞橋》（*The Bridge of San Louis Rey*），這小說主要談到在聖路易瑞橋，有五位人士路過這座橋時，橋的突然斷裂，五人便跌落橋下身亡。此部小說從這五人的喪禮開始，探索著為什麼是那五位人士？他們為何一起而死亡？有什麼原因與關係嗎？這部小說內容討論引人深思的是：「人們是否因著各種的巧合而死亡？」當時在美國銷售廣受歡迎。

《聖路易瑞橋》讓懷爾德首次得到普立茲獎。美國普立茲獎，在1917年由美國報業重要人士約瑟夫普立茲（Joseph Pulitzer）的遺願所設立的獎項。1970至1980年間已經發展成為美國新聞界的一項最高榮譽的獎項，普立茲獎又稱為普立茲新聞獎，如今不斷完善的評選制度使得普立茲獎被視為全球性的一個獎項。另外，《聖路易瑞橋》這部小說在1998年也入選了美國現代圖書館「二十世紀百本最傑出的小說」（The 100 best novels of the 20th century）。

三、題材圍繞永恆古老不變的定律

1938年的《小鎮》（*Our Town*）的演出為懷爾德贏得第二座普立茲獎，在《小鎮》戲劇作品中帶有濃厚的悲情特質，以及對生死的論點、生活懷念，其作品描寫美國人日常的生活，由生至死各個平凡的過程，對於美國人來說，這氣氛是很熟悉的，事實上也是大家的期望，沒有重大的社會問題，少有犯罪

與黑社會橫行的干擾，日子過的是平凡而心滿意足的生活。懷爾德當時《小鎮》連演一年九個月頗受歡迎，也確立了懷爾德在美國文壇的地位。懷爾德1942年以另一部不朽的劇本《出生入死》（*The Skin of Our Teeth*）第三度贏得普立茲獎。

懷爾德曾經走訪歐洲各地，並認識了許多知名的作家，如海明威作家，他對於史特林堡、葉慈、辛約翰、梅特林克等人作品也十分熟悉。懷爾德主要戲劇作品還有1954年的《紅娘》（*The Matchmaker*）等。懷爾德主要的文學思想，是基於現代的人文主義，解析人在宇宙的地位，以及所發生的行為和價值判斷，尋求人在這人間該有的本質與含意，在他思想中並無稀奇前衛之處，並常以離開人世的眼光超越時間和空間，連貫歷史的角度，來探索人類的世界，但所運用的題材卻是圍繞於永恆古老之不變定律，與人生過程所遇到各種遭遇極其相關。

參、《漫長的聖誕晚餐》主要之劇情

一、從貝亞德家族羅德里克為第一代開始述說

懷爾德1931年完成劇作《漫長的聖誕晚餐》，此劇本的撰寫和美國十九世紀末到二十世紀初期生活非常有關，整個故事就好像當時美國人一生當中小小的縮影，對於家庭生活細節的敘述，呈現一切典型化的美國家庭點滴，洋溢著濃濃人生懷念的色彩。以劇本臺詞的份量，此戲如演出約需半個小時，其最慢是不到一個小時的時間，劇中講述了貝亞德家族，歷經了三代九十年的生活概貌，劇中所呈現的一切乃是家人共進的聖誕晚餐片段，這些片段，並沒有特別明顯的停頓告知觀眾是某年的一個時間點，劇中臺詞會談論當時的一些事件，但是地點一直都在聖誕節的晚餐桌上。

演出開始時，第一代羅德里克男主人和妻子露西亞，還有羅德里克男主人的母親稱為「貝亞德媽媽」，他們在蓋好的新房子裡進行了第一次的聖誕節晚餐。

二、第二代長子查爾斯取代了父親的座位

隨著晚餐繼續進行與閒話家常的過程中，堂兄布蘭登從阿拉斯加趕來投靠這個家庭，並進來共同享用這個豐盛的聖誕晚餐。隨後貝亞德媽媽去世，羅德里克的子女陸續誕生到這個家庭裡，長子由父親命名叫查爾斯，女兒則由母親露西亞命名，繼承了去逝的貝亞德媽媽，也就是她女兒祖母的名字稱為「吉納維芙」。

家人每年聖誕節聚餐上閒話家常，隨著聖誕晚餐上的對話中，這兩位孩子們長大成人，相繼進入這個晚餐的座位上，第二代長子查爾斯取代了父親的座位，並娶了一位妻子名為莉奧諾拉，莉奧諾拉進入了這家聖誕晚餐，並取代母親露西亞的座位，接著莉奧諾拉生了雙胞胎一男一女，長男稱為山姆，女的則用母親露西亞的名字命名，後來誕生了嬰兒查爾斯，以自己父親的名字給孩子取名為羅德里克（二世），長男山姆後來在為國服役中不幸陣亡。

接下來，表姊愛門卡黛前來投靠親戚貝亞德家，第三代的羅德里克（二世）和露西亞（二世）離鄉背井到國外闖天下。不久，查爾斯離開人間，莉奧諾拉則去投靠女兒，聖誕晚餐的桌上就只剩下表姊愛門卡黛孤獨一人了。表姊愛門卡黛接到莉奧諾拉來信，她告訴僕人說，莉奧諾拉女兒建造了他們自己的新家，也即將懷有自己的孩子，而這莉奧諾拉在這個家被稱為「媽媽貝亞德」。

三、劇情的尾聲，帶回演出一開始的狀況

劇情眼看即將結束，作者卻又把劇情的尾聲帶回到演出一開始的狀況，劇情結尾似乎又繼續延續述說著永不停止的人生故事。《漫長的聖誕晚餐》在貝亞德家的餐廳裡，演員對話中讓觀眾看到一個家庭的故事，劇情在演員對話中以及短暫的停頓方式渡過了漫長歲月，同時也經過了這漫長九十年的聖誕晚餐，這個戲劇形式的傳達，談到了人出生的喜悅，也意識到人遇到病痛、死亡的必然與無奈的過程，這些都是人們一生都很熟悉的平凡過程，《漫長的聖誕晚餐》將這個家庭人生寫照詮釋得十分淋漓盡致。

四、貝亞德家族的成員圖（圖1）

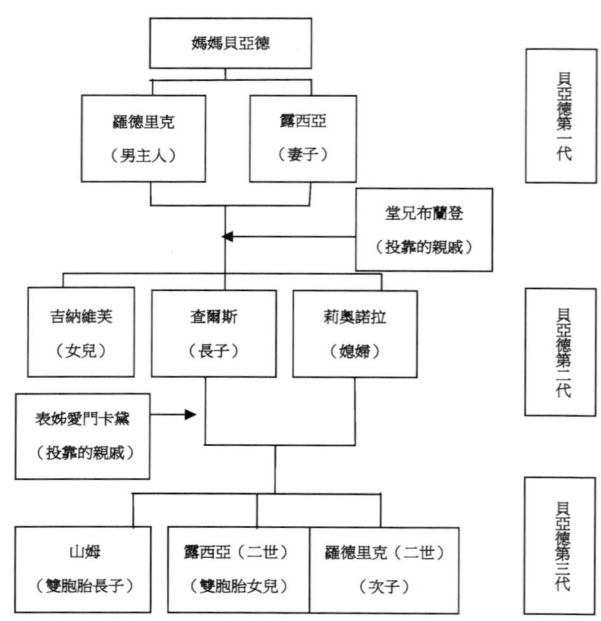

圖1、貝亞德家族的成員，以羅德里克男主人為第一代起算，《漫長的聖誕晚餐》的九十年裡總共經歷了三代。

肆、《漫長的聖誕晚餐》舞臺

一、《漫長的聖誕晚餐》舞臺設計

　　貝亞德家族的餐廳，在長餐桌上擺設了豐盛的聖誕大餐，餐桌上男主人位置前，劇本所敘述的方向是以演員面對觀眾而言，在餐桌右邊是放置了一隻很大的火雞，男主人負責切分火雞肉。鏡框拱門旁邊在左下舞臺處（以面對觀眾而言），是一個奇怪的左邊門戶，門上鑲著的水果和鮮花做的花環。另外在右下舞臺處其右邊門戶上掛著黑色絨布，這兩個門戶出入口分別代表著，左邊門戶是「出生」，[1] 右邊門戶是「死亡」。[2]

　　以演員面對觀眾而言，舞臺沿著背後方的牆壁，在右邊有一個餐具櫃，牆正中間有一個壁爐，在上面掛有一幅男人的肖像畫像，牆的左邊有一個是進入大廳的位置，還設有一個大廳門口進出。在長餐桌的首尾左右兩端各有一把椅子，另有三把椅子背靠著牆壁。在長餐桌右邊是主人的位置，擺設有一把高背式以及有扶手的椅子。

二、瞭解舞臺九個區位

　　閱讀《漫長的聖誕晚餐》劇本要清楚舞臺的位置以及演員的走位，首先要對舞臺區位做個瞭解，舞臺區位的分法，其左右方向是以演員或舞臺本身面對觀眾而定，上舞臺則指舞臺後方靠近天幕或背景幕的地方，下舞臺則指舞臺前方靠近觀眾席的一邊，舞臺共可分為九個區位（圖2）。

---

[1] 劇本所敘述的方向是以演員面對觀眾而言，所以演員從左邊的門出來代表有人「出生」。

[2] 敘述的方向是以演員面對觀眾而言，演員從右邊的門進入代表有人「死亡」。

UR 右上舞臺	UC 中上舞臺	UL 左上舞臺
CR 右中舞臺	CC 中央舞臺	CL 左中舞臺
DR 右下舞臺	DC 中下舞臺	DL 左下舞臺
\multicolumn{3}{c}{觀眾席}

圖2、舞臺區位的分法,其左右方向是以演員或舞臺本身面對觀眾而定,U代表Upper,C代表Center,D代表Down,L代表Left,R代表Right,舞臺共可分為九個區位。

三、給導演的提示

在這個地方代表著貝亞德的家庭,快速渡過九十年,經過了九十次的聖誕晚餐。雖然講話的方式以及演員的對白,是口語化與寫實的,但是演出時應促使充滿了想像力,以及表演動作有著隱含意味與暗示性。在此推薦使用全部灰色的窗簾或布幕的裝飾,而不以傳統的佈景房間裝飾牆壁。在長餐桌中心放置一盆聖誕節綠色的植物,[3] 在長餐桌左側尾端,擺設著酒瓶和酒杯。除了所有這些道具,在劇中的人物在表演時必須持續以假想的方式貫穿全劇,並用著刀叉吃著無形的食物。演員都穿

---

[3] 聖誕植物應是「冬青」植物,上面有著紅色小果實,葉子是有針刺的,此植物象徵著「生命」與「永生」。

著不起眼的服裝,但是他們的演出表現必須以象徵方式或暗示性,以表現出年復一年的演變,同時以此種方式來逐步增加歲月與時光的演變。

女士們演員建議可在服飾上以婦女使用的長方形披巾或圍巾,慢慢的把披巾往肩上移來變換披巾的位置,來變化他們隨著年齡而增長或老化。[4] 開幕演出時,整體舞臺應該是黑暗的,舞臺正上方有一束光燈光,由暗淡中逐漸的明亮起來,並覆蓋了整個桌面上的擺設。以演員面對觀眾的位置而言,舞臺上兩個門戶的光線,舞臺的右邊應該充滿了一種「寒冷」的色彩,但是左邊的舞臺形式卻是「溫暖」的。

如果可能的話,所有的燈光應保持不要照到房間的牆壁。基本上,這齣演出是獨幕劇,在舞臺上的執行上在開演前就能夠將大幕拉開,讓觀眾在入場時,雖然處在模糊的黑暗中,卻能夠直接看到舞臺的佈景與餐桌上的擺設。此戲演出應避免落入了神秘的境界,或以怪異陰沉憂鬱的方式來表演這齣戲,否則將失去劇作家原本的精神。應當特別注意對話是以正常的速度來進行,在「死亡」演出之後,要立即回復正常的節拍與步調。

四、《漫長的聖誕晚餐》基本平面圖

演員走位是演員和演員在對戲的時候,按照劇情和內容把每個時段該走到舞臺恰當的位置,做個適當的安排。《漫長的聖誕晚餐》依劇本所描述,劇中主要是在貝亞德家族的餐廳,劇本所敘述的方向是以演員或舞臺本身面對觀眾而言,在餐廳裡中央放有一個長餐桌,餐桌上右邊擺設有一隻火雞就是在男

---

[4] 因為快速渡過了九十年,也快速經過了許多次的聖誕晚餐,除了在演出時聲音表情可顯示年齡的增長外,演出時盡量可能以掩蓋的方式來快速化妝做改變,或是增戴假髮來增加老化的效果。

主人位置，前由男主人負責切分火雞。而餐桌中央放置了一盆美國家庭在聖誕節經常擺示的綠色植物，將綠色植物葉枝圍繞成圓形是十分合適的。

　　餐廳的設計如圖 3 所標示的一切，其背後方是牆壁，牆壁右邊設有一個餐具廚櫃，背面牆壁正中間處有一個壁爐，在壁爐上方掛有一幅貝亞德家族男人肖像的畫像，牆壁的左邊有一個進入大廳的位置是一個大廳門口，此大廳門口不需要有開關的門，但可以設計大一點的門口以方便演員進出入。

　　在長餐桌左邊尾端的地方，擺設有葡萄酒瓶和酒杯；長餐桌的首尾左右兩端各有一把椅子，在長餐桌右邊是男主人的位置，男主人需要有一把高背式有扶手的椅子，左邊是女主人的位置，一般座椅即可。另有三把椅子在剛開始時是背靠著牆壁，此三把椅子在演出時，依劇本上之舞臺指示而搬動它到餐桌旁邊的位置。演員從左邊的門出來是代表有人誕生了；反方向之右邊門戶是代表「死亡」，演員從右邊的門進入是代表有人走向了死亡的境界。

伍、人生過程的對話

　　懷爾德所表達之戲劇人生，可以說是享受平凡的生活，並自我解脫人生所受到的束縛，他的哲學觀念使人間耐人尋味，值得觀賞者去感覺與體驗。《漫長的聖誕晚餐》劇中的情景除了是餐廳與長方形餐桌，在左下舞臺處的門戶，門上鑲著由水果和鮮花做成的花環，這個門戶出口代表著「出生」之門；另外在右下舞臺處其門戶可佈置黑色絨布，這個門戶入口代表「死亡」門口。

　　此劇本雖然以講話的方式及演員的對白為主，但卻是口語化與寫實的生活寫照，劇本上演員的對話表現出美國家庭的生

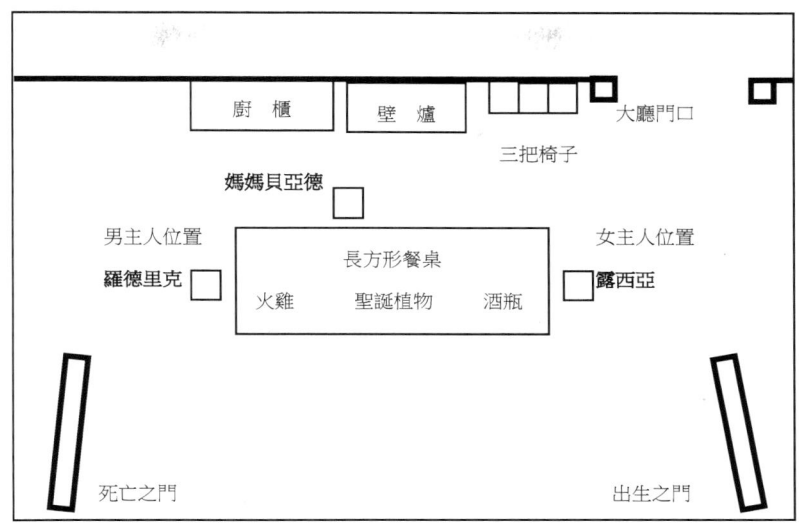

圖3、《漫長的聖誕晚餐》依劇本所描述，劇中進行是在貝亞德家族的餐廳如上面圖示。劇本所敘述的方向是以演員或舞臺本身面對觀眾而言，演出開始時的位置圖，羅德里克從大廳進入餐廳，以輪椅推著媽媽貝亞德到他長餐桌座位的左邊入席。男主人的座位是羅德里克，露西亞則坐在女主人座位，後面牆壁擺設的三把椅子，隨後演員可搬動椅子到餐桌旁邊的位置。

活，舞臺指示有著隱含意味與暗示性。《漫長的聖誕晚餐》的特別之處，就是顯示時間的流逝以及生命的演變，這些都是每個人在一生的過程裡都會遇到的幾個階段，幾個階段在劇中的對話裡出現有許多重複的臺詞，也是我們在人生過程裡常遇到的情況。

一、重複的臺詞「哭泣」

重複的臺詞說明了人一生的流程，很多經歷與狀況，以及與這大自然的關係都是相似的，重複的臺詞說明這人生的循環

過程的一個環節，這個環節大家都會經歷到。「哭泣」對於我們在日常生活中或許並不覺得有什麼特別之處，我們在生活裡經常會遇到哭泣，而且幾乎時時常常會看到親人、朋友或小孩眼上的淚水。哭泣的原因有很多，簡單地說，這是人們的本能，生活上會因為身體疼痛、心裡難過或是遇到悲傷的事情而讓我們哭泣。

但是懷爾德在劇本裡所詮釋的「哭泣」卻是耐人尋味，值得我們去體會與漫漫的感受。《漫長的聖誕晚餐》在一開始時貝亞德家其新婚的媳婦露西亞從教堂回來，在聖誕晚餐裡所說出了「哭泣」的臺詞：

露西亞：

> （為媽媽貝亞德在脖子上繫了餐巾）真是無法想像從前的情況！而這裡！我們第一次聖誕大餐是在多麼美好的一天下進行：美麗陽光的早晨、滿地的白雪、精彩的講道。麥卡迪博士精彩傑出的講道，讓我哭了又哭。

接下來在露西亞當了母親之後過了聖誕節，在餐桌上的臺詞：

堂兄布蘭登：

> 可惜呀！今天的天氣如此陰鬱又沒下雪。

露西亞：

> 但是今天教堂的講道很動人，我哭了又哭。斯波爾丁博士的佈道真是太精彩了。

之後露西亞在年紀比較大了，在聖誕節晚餐餐桌上，出現「我哭了又哭」第三次的臺詞：

露西亞：

（顯示年紀大了）而且這麼好的一次講道，我哭了又哭。以前，媽媽貝亞德很喜愛聽精彩的講道，而且還會整年都唱著聖誕讚美詩歌。哦，親愛的，哦，親愛的，今天整個早上，我竟然一直想念著她！

之後露西亞往生之後，她的兒子查爾斯與女兒吉納維芙以及媳婦莉奧諾拉懷念她時的對話，對於「我哭了又哭」做了解釋：

查爾斯：

（現在四十歲了，看起來很有威嚴）來吧，莉奧諾拉、吉納維芙，喝點酒？酒含有豐富的鐵質！愛德華多（僕人），把酒填滿女士們的玻璃杯。真是寒風刺骨的早晨。以前常在這樣的早晨，我會與父親去溜冰，而媽媽從教堂回來會說……

吉納維芙：

（朦朧地回想起）我知道……她會接著說，「真是一個精彩的講道，我哭了又哭。」

莉奧諾拉：

她為什麼哭，親愛的？

吉納維芙：

那個時代的人，都會為精彩的講道而哭，那是他們過去的生活方式。

莉奧諾拉：
　　吉納維芙，是真的嗎？

吉納維芙：
　　他們從孩童時代就必須去教堂，我想在教堂裡聽講道的時候，就會促使他們想起過去的父母親，就像我們現在的聖誕晚餐是同樣的情況，尤其是在這樣的老房子裡。

　　「我哭了又哭」這句話，在劇情不同年份總共重複出現了四次，「我哭了又哭」為何聽精彩的講道會哭呢？是講道令人感動嗎？但是從其生活背景而言，其「哭了又哭」主要原因還是複雜心情下懷念過去父母親而感到難過。因為露西亞從孩童時代就和父母親去教堂，這是長久以來他們傳統的生活模式。

　　露西亞第一次說「我哭了又哭」，雖然媽媽貝亞德（婆婆）還在，但她有可能是在懷念娘家時過去的過聖誕節去教堂的生活。年紀大之後同樣聖誕節在教堂裡聽講道的時候，首先稱為媽媽貝亞德的婆婆已走了，自己的親人不在身邊，這種「觸景傷感」的情景不知不覺讓她內心充滿了憂傷，也讓她聯想到了以前聖誕節與父母親去教堂的情況，是件多麼幸福與懷念的事，在此情況之下「觸景傷感」，露西亞忍不住就「哭泣」起來。

二、重複的臺詞「結冰」

　　冬天在偏低溫的環境之下，大自然的結冰是一種常見的現象，尤其是在高緯度的國家，在冬天時河水結冰、樹枝結冰是很常有的事。有關《漫長的聖誕晚餐》劇中的對話重複的臺詞，講到了「樹上的小樹枝都被結冰纏繞著」，也是在開始貝亞德的家庭媳婦露西亞的臺詞：

露西亞：
　　樹上的小樹枝都被結冰纏繞著，這種景象你們幾乎不曾見過。

　隨著時間的流逝，與上一代完全相同的言語，又由下一代口中表達出來，之後劇中第二次重複的臺詞是出現在露西亞女兒吉納維芙出現所講的第一句臺詞：

　　（*吉納維芙從大廳進入*）

吉納維芙：
　　真是令人感到榮耀的一天。（*親吻父親的鬢角，從牆邊拉出一把椅子，她坐在父親和堂兄布蘭登之間*）。樹上的小樹枝都被結冰纏繞著，這種景象你們幾乎不曾見過。

之後劇中第三次重複的臺詞是出現在露西亞變成替代了婆婆（媽媽貝亞德）的角色，其媳婦莉奧諾拉出現在這貝亞德家庭時，幫助露西亞坐在之前羅德里克的座位，這個位子就是最早媽媽貝亞德坐輪椅時的位置，莉奧諾拉自己則坐上了女主人的座位，接下來莉奧諾拉所講的臺詞：

莉奧諾拉：
　　早安，媽媽貝亞德。
　　（*露西亞起身，站在大廳門口附近迎接莉奧諾拉。堂兄布蘭登也起身。*）
　　大家早安。媽媽貝亞德，妳坐在查爾斯的旁邊。
　　（*她協助她坐在之前羅德里克的座位。堂兄布蘭登坐在中間的座位。吉納維芙坐在他的左邊，莉奧諾拉坐在長餐桌左端位置*）
　　今天真是個燦爛的聖誕節。

查爾斯：
　　要來點雞胸肉嗎？吉納維芙、媽媽、莉奧諾拉？

莉奧諾拉：
　　樹上的小樹枝被結冰纏繞著。……這種景象你們幾乎不曾見過。

　　之後劇中「被結冰纏繞著」的臺詞出現，在表姊愛門卡黛來到貝亞德家庭已有一段時間，年紀變多也變老了，正當吉納維芙離開家裡，愛門卡黛身體欠佳，已到危險甚至步入了死亡的邊緣，就有感而發說出了這句話：

吉納維芙：
　　對不起，我感到抱歉。
　　（吉納維芙含淚快步走進大廳。查爾斯則坐下。）

愛門卡黛：
　　我一直這麼覺得，親愛的吉納維芙會回到我們身邊的。
　　（她站起來，並走向黑暗的門口）
　　莉奧諾拉，妳應該出去走一走、看一看，當一切都被結冰纏繞的那一天，那確實是非常的漂亮。

　　劇中所說「樹上的小樹枝都被結冰纏繞著」，這原本是美國冬天北方應該常有的自然景象，但是臺詞又說「這種景象你們幾乎不曾見過」也可以翻成「你們幾乎從來沒有看到這一點」，此句是有幾乎從來沒有發現到或是注意到這樣細緻的情景意思，因為這確實是「非常漂亮」的景象，只是大家對於周遭樹枝結冰景象或許已經是平常的冬天景象，所以大家幾乎都

未曾仔細注意去看看「被結冰纏繞著的景象」或發現它、好好仔細去欣賞它美麗的地方,彷彿人生的場景如果沒有仔細地停留下來欣賞,是不會去發覺與感覺它的美好。

當小樹枝正「結冰」的時候,它確實是非常漂亮也是大自然的美景,尤其是在聖誕節的時候,露西亞、露西亞女兒吉納維芙、媳婦莉奧諾拉內心均特別有感而發,也都說出了這句讚美人間,四周充滿了美景的話,也點出了人活在這大自然,有時候反而不會去珍惜與好好去體驗。

另外「樹上的小樹枝都被結冰纏繞著」在原文裡是「Every last twig is wrapped around with ice.」,其中「twig」是小樹枝、細枝、嫩枝的意思,但是英文「twig」也有神經、血管的小支脈相關的意思,如果這些如樹枝般的小支脈被結冰纏繞著,宛如人的每一個小肢脈尾端不自覺地被寒冷的氣候給凍僵了,其相關語則會令人有另一面極其的感觸。在劇中將要結束時,表姊愛門卡黛身體欠佳已到危險,甚至幾乎步履到了死亡邊緣,更說出了人將末了,有如一切都被結冰纏繞著,回想起來人生的總總一切,每一個過程又是極其的美麗、感嘆與無奈。

三、重複的臺詞「疼痛」

《漫長的聖誕晚餐》在劇情中有關於人老之後所面臨的病患,坐骨神經痛與關節炎是步入老年的一種非常普遍病痛的現象,許多人患有此病是內心的一種無奈,劇中也一再遇到友人得到此病,重複的臺詞「疼痛」也再度出現,首先堂兄布蘭登在聖誕晚餐上的臺詞:

堂兄布蘭登:
  (*親切地*)太可惜了,今天的天氣是如此寒冷又陰沈,我們差不多就需要開燈了。教堂結束後,我和

路易斯少校聊了一下,雖然坐骨神經痛一直困擾他,但是他目前的狀況還算不錯。

接下來一段懷念媽媽貝亞德的話語,以及貝亞德家庭有好消息的來臨,羅德里克與布蘭登相互敬酒之後。媳婦露西亞與布蘭登對話,她詢問從教堂回來的布蘭登,少校最近的身體狀況如何?其所出現「疼痛」的臺詞:

露西亞:
那位少校的坐骨神經還會痛嗎?

堂兄布蘭登:
或許有時候還是會疼痛。但是你們知道他的態度。他說,在百年內,每個人所面臨的狀況都是一樣的!

露西亞:
說的真有道理,他真是一個偉大的哲學家。

之後劇中貝亞德家庭第二代媳婦莉奧諾拉在聖誕晚餐餐桌上,表姊愛門卡黛談到佛斯特太太有關其病情,莉奧諾拉問佛斯特太太她還在「疼痛」嗎?

愛門卡黛:
(愉快地)這真是個美好的一天。從教堂回家的路上,我停下來和佛斯特太太聊了一會兒,她的關節炎仍然時好時壞地在發作。

莉奧諾拉:
親愛的,她還在疼痛嗎?

愛門卡黛：
　　哦，她說，在百年以內，每個人所面臨的狀況都
　　是一樣的！

莉奧諾拉：
　　是的，她真是一位勇敢又堅強的人。

　　有關「疼痛」的病情，在不同年代貝亞德家人的朋友，隨著時間的流逝都步入老年人現象的間接描述，而劇中間接描述就是「疼痛」的情況，也說明人一旦年老之後，就會百病叢生並且疼痛不斷。而出自病患的口中，他們似乎看得很開，對人生也看得很清楚，因為這是人一生中都會面臨到的「生、老、病、死」。

　　所以病患者均有感而言也說出感歎之語，人一生在「百年以內」都是會面臨到身體開始出了一些狀況，病痛、死亡是沒有人能夠避免與閃躲，因此所有的人活在這個世界上都是一樣的，這乃是人生的過程，以及必須面對的態度。但是話說回來美好的生活，仍然是代代相傳、生生不息，所以人們必須綿延不斷勇敢的繼續活下去。

四、美國這個國家歷史的記憶

　　除了重複的臺詞之外，同時在劇本的內容中，這一家人在聖誕晚餐的餐桌上，由第二代的兒子查爾斯談到了其祖母在那個時候的生活狀況，其間接也反映美國這個國家當時人民開發國土的情形。

查爾斯：
　　有一個故事，關於我的祖母貝亞德，在沒有橋樑或
　　渡輪船之前，她必須乘坐木筏穿越密西西比河。吉

納維芙與我出生之前,她就過世了。在這樣偉大的新國家裡,時間過得真快。愛門卡黛表姊,需不需要再來些蔓越莓醬嗎?

之後在第三代查爾斯和莉奧諾拉的兒子與女兒均已長大成人出外工作,孩子都已經不在父母的身邊了。查爾斯和莉奧諾拉在聖誕晚餐的餐桌上談到了其子女的情況,其中長子山姆因為從軍為國家犧牲了自己的生命。

莉奧諾拉:
　　我的三個孩子各自在世界的某個地方。

查爾斯:
　　(浮躁地並自我安慰)唉,他們其中一人還為了國家犧牲了自己的性命。

莉奧諾拉:
　　(十分感傷地)其中有一人在中國銷售鋁製品。

劇作家把九十年的美國歷史,從過去移民歷史的開墾、總統的選舉、戰爭、兒子為國犧牲、隨著社會與工業的進步、工廠煤煙的污染、兒女出外遠離他鄉等等話題,都濃縮在貝亞德家庭聖誕晚餐上。全家的團圓聚集共用晚餐、閒話家常的點滴冷暖、養兒育女、成長叛逆、年老的病痛與死亡,雖然這些時間已無情地流逝,但是平凡的生活過程卻孕育了無限的價值和尊嚴,也構成了極富情感的生活與歲月歷史回顧。

五、兩個門戶象徵的意義

《漫長的聖誕晚餐》可以說是每個平常人一生的寫照,雖然每一個人的人生都不盡相同,但這當中有許多的過程,從出

生、婚姻、年老、病痛到最後的死亡等，這些都是大家必須去經歷的，也是構成這齣戲對話中的主要片段。在劇本裡告訴大家是在聖誕節這個晚餐上，但是許多象徵的呈現，乃是歲月的流程中所發生的重要事件。在演出所能表現出來的時間段落，就是空間象徵的一個部分，尤其是那些出現在對話裡的事件象徵。

另外劇本的舞臺指示（圖4）告訴我們，舞臺呈現著一張長形餐桌，劇情都是在聖誕節晚餐之時刻。以演員面對觀眾的方向，在舞臺的最左邊有一個特別的門口，上面裝飾著裝滿了鮮花和水果的花環，它代表了出生的入口，而與此相對是另外一邊，在舞臺的最右邊旁，是一個掛著黑絲絨布的門口，它代表了死亡的入口。在演員走位的整個演出過程中，兩戶門的遙望對立，宛如人生的舞臺，從出生經歷不同過程到死亡，當護

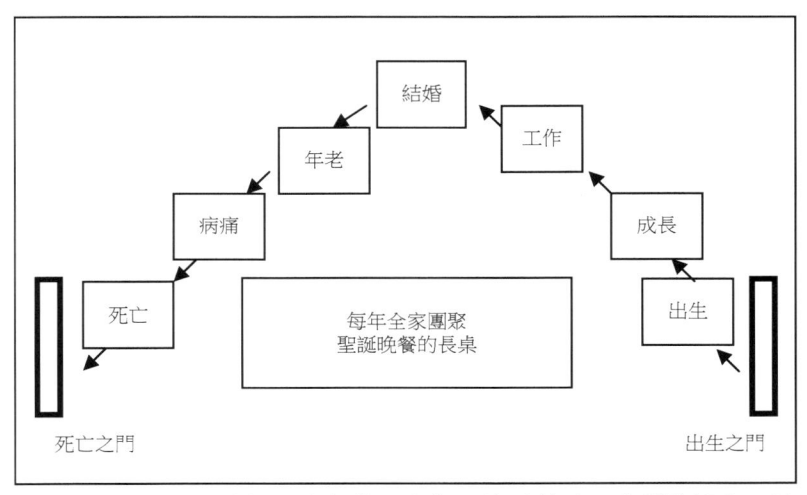

圖4、左右兩個門戶象徵的意義，向觀眾傳遞著時間流逝的過程，這每個過程中就是我們的人生舞臺。

士抱著嬰孩查爾斯從鮮花和水果門口緩緩入場時，就代表一個新人走入了人生的舞臺，之後查爾斯走到中間把莉奧諾拉牽手走到餐桌上，這就是非常簡單的表達了象徵式的婚禮：新的一代已經結婚了，莉奧諾拉成為這個家庭新的女主人。

當人年老逐漸衰微步向死亡，則從黑絨布的門口走下舞臺。劇作中兩個門戶代表出生、死亡的出入口，這兩個門戶的象徵之間，向觀眾傳遞著時間流逝的過程，這過程中的每個細節與段落就是我們的人生。

六、僕人角色未在劇中出現

劇中一開始時當媳婦的露西亞從大廳進入了餐廳。她檢查了餐桌上聖誕晚餐的擺設，一下子摸摸餐具邊的刀子，一下子又是那邊的叉子。當露西亞向女僕說話時，我們觀眾是看不見這位家中的女僕。在劇本中懷爾德就已清楚的記載著，並沒有將僕人這個角色列入角色表中。雖然貝亞德家庭三代中有許多位僕人，但是僕人的出現有如「隱形人」一般，演出反而要借由演員的對話與動作，讓觀眾感覺有這位僕人的存在，這是懷爾德一開始就對此齣戲特別設計的地方。

七、此戲最後回歸到原點之處

在劇本裡小孩出生的命名，其父母對於小孩所取的名字，都喜歡取自小孩往生的祖父母其名字，在這些人名再度的出現，其實頗有再度復出的意味。最後劇情的回轉到原點也是本劇的特色之一，在劇情的最後階段，所有貝亞德家族的成員都已經離開了這棟老房子，只剩下表姊愛門卡黛，她孤獨一個人，年齡變得非常非常的老。

她講話的對象只有家裡僕人，而這僕人在戲裡是看不見的。在對話的過程當中，此段演出與之前貝亞德家庭不同時間

與許多位僕人對話不太一樣。這段愛門卡黛的臺詞，比較像一位孤苦伶仃的老年人在自言自語，好比可悲的老婦愛門卡黛已經陷入了孤獨無依的狀態在自我對話，這也隱喻著人的一生過程已經走到盡頭的寫照。

愛門卡黛：
> 瑪麗（女僕），說真的，我會改變心意的。如果你可以要求貝莎好心的為我做一點蛋酒，一點點美好的蛋酒……瑪麗（女僕），今早收到貝亞德太太寄的信，寫得真好啊，他們在新房子裡享用屬於他們第一次的聖誕晚餐，他們一定非常高興。他們稱她為媽媽貝亞德，她說，她自己好像她是一位老太太似的。她也說，坐在輪椅裡來去自如也還滿舒適的。……真是可愛的一封信……瑪麗（女僕），我要告訴妳一個秘密。注意聽！這還是個大秘密喔！他們有孫子要出生了，這是不是好消息呢！現在，我要讀一下書了。
> （她拿起一本書擺放在前面，不時地舀取一小湯匙的奶酪。她從老一點，變得非常老。她嘆了口氣，身邊多了一根拐杖，她搖搖欲墜走向右扇門，並口中念念有詞：）
> 親愛的小羅德里克和小露西亞。

　　從上面的臺詞另外角度而言，愛門卡黛變成了一個說故事的老婆婆，她在述說一個循環的故事，莉奧諾拉在來信上說，女兒建立了自己的新房子，並也即將有自己的孩子，有趣的是，莉奧諾拉被稱呼為「媽媽貝亞德」，如此，劇作的結尾又好像把觀眾帶回到《漫長的聖誕晚餐》演出一開始的狀態，另一個循環的家庭故事又要再度展開了。

陸、結語

　　《漫長的聖誕晚餐》除了具有濃厚的美國色彩之外，還具有多愁善感和懷舊的特徵，劇中敘述了典型的美國傳統小城鎮，在不同年代的每個過程裡父母年老和子女的遷變，而世世代代時間快速變換，這些平常的生活演變，都賦予了這部戲劇充滿豐富的吸引力。

　　懷爾德所表達之戲劇人生，從品味平凡的生活過程，加上自我解脫束縛的人生觀，這樣的感覺使得讀其劇本的人，本身的體驗可透過戲劇的過程與形式，似乎讓人有著似曾相識的感覺，而同樣發生在我們實際生活過程的情感世界裡，也會有感同身受的感嘆。《漫長的聖誕晚餐》以一個美國家庭的節慶團圓聚餐九十年的過程來扮演敘說，讓閱讀此劇作的人有著相同的體會，反映了懷爾德對人生的信仰，它有著基本的善良人性，並且肯定人們長久以來所遵循的道德觀與積極向上的價值觀。

　　本書將《漫長的聖誕晚餐》原英文劇作放在後面附錄，劇本所翻譯的中文臺詞盡做到原文本意的精神。《漫長的聖誕晚餐》整體過程所表達的是美國人平常生活的重要節慶，聖誕節全家團圓聚餐是每個人從小到大的規律生活，懷爾德所敘述的哲理，易使人由感覺體驗而揣摩模仿，尋找到了人生過程的自然定律，由感覺體驗而漸漸明白到生活過程中所帶給我們的意義與省思。

Part 1

《漫長的聖誕晚餐》中文劇本

--- 角色人物

--- 舞臺佈景

--- 給舞臺監督的筆記

--- 漫長的聖誕晚餐

角色人物

- **露西亞**，羅德里克的妻子。
- **羅德里克**，媽媽貝亞德的兒子。
- **媽媽貝亞德**。
- **堂兄布蘭登**。
- **查爾斯**，露西亞和羅德里克的兒子。
- **吉納維芙**，露西亞和羅德里克的女兒。
- **莉奧諾拉・貝玲**，查爾斯的妻子。
- **露西亞**，莉奧諾拉和查爾斯的女兒，與撒母耳為雙胞胎。
- **撒母耳（山姆）**，莉奧諾拉和查爾斯的兒子，與露西亞為雙胞胎。
- **羅德里克**，莉奧諾拉和查爾斯的幼子。
- **表姊愛門卡**。
- **僕人**。[1]
- **護士**。

---

[1] 正式演出時僕人是不存在的，只能從演員的對話中感覺到有僕人。

舞臺佈景

　　貝亞德家族的餐廳，長餐桌上擺設了豐盛的聖誕大餐，一隻很大的火雞放在餐桌右邊，男主人負責切分火雞。左下舞臺，鏡框拱門旁有一扇鑲著水果花環的奇怪門戶。正對面，舞臺右下處有另一扇門戶掛著黑色絨布，這兩個門戶出入口分別為「出生」（左邊門戶）[1]與「死亡」[2]（右邊門戶）。

　　沿著舞臺後方的牆壁，右邊放置餐具櫃，牆正中間有一個壁爐，上面掛有一幅男人的肖像（畫像），左側有一扇通往大廳門口[3]的大門。

　　長餐桌的首尾兩端各有一把椅子，另有三把椅子靠著牆壁。[4]長餐桌右邊主位擺設一座高背式的扶手座椅。

---

[1] 劇本所敘述的方向是「以演員面對觀眾而言」，所以演員左邊的門是代表有人「出生」。

[2] 敘述的方向是「以演員面對觀眾而言」，演員右邊的門是代表進入「死亡」。

[3] 此大廳門口不需要有開關的門，但可以設計大一點的門方便演員進出入通道。

[4] 此三把椅子在演出時，會因其他演員的進入而搬動到餐桌旁邊的位置。

給舞臺監督的筆記

　　這齣劇代表貝亞德家庭快速渡過九十年並經過九十次的聖誕晚餐。雖然講話方式與演員對白是以口語且寫實的方式呈現，但是演出時應激發想像力並表現出隱喻及暗示手法。在此推薦使用全灰色的窗簾或布幕，而不以傳統的佈景裝飾房間的牆壁。長餐桌中心放一盆聖誕節的綠色植物，[1] 左側尾端擺設酒瓶和酒杯。除了上述這些特點，劇中的人物必須以假想的方式演出，演員用假想的刀叉吃著無形的食物。[2] 演員穿著不起眼的服裝，但是必須透過表演呈現出逐步增加歲月與時光的演變。

　　女演員可慢慢地把披肩往肩上移（變換披肩的位置），代表隨著年齡增長而變老。[3]

　　開幕時，舞臺應該全暗，慢慢地一束光覆蓋了整個桌面。舞臺上兩個門戶的光線，右邊應為「冷色調」，而舞臺左側應為「暖色調」（以演員面對觀眾的位置而言）。

　　如果可以的話，所有燈光須保持不要照到房間的牆壁。（這齣戲為獨幕劇，雖然身處模糊的黑暗中，盡可能將舞臺的大幕拉開，讓觀眾入場時，能直接看到舞臺佈景與餐桌的擺設。）

---

[1] 聖誕植物應是「冬青」植物，上面有著紅色小果實，葉子是有針刺的，此植物象徵著「生命」與「永生」。

[2] 不需陳列食物於餐桌，但建議可以擺設刀叉酒杯、餐盤，以便使表演呈現更易懂。

[3] 因為快速渡過了九十年，也快速經過了許多次的聖誕晚餐，除了在演出時臉部表情可顯示年齡的增長外，演出時盡可能以掩蓋的方式快速處理化妝以便做視覺上的改變，而增加老化的效果，譬如：不自覺的低頭、用極短的時間轉頭背對觀眾化妝，或戴假髮等方式。

根據過去經驗,許多劇團演出這齣戲時,都落入了神秘的境界,以怪異、陰沉憂鬱的方式表現。應當特別注意須以正常速度進行對話,在演出「死亡」之後,要立即回復正常的節拍與步調。

漫長的聖誕晚餐

（舞臺上的大幕一直開著，觀眾到達劇場時，可以直接看到舞臺上佈景與餐桌的擺設，但舞臺仍然是暗的。接著，觀眾席的燈光漸暗下，舞臺上燈光進入，舞臺漸亮，冬天的陽光由餐廳旁窗戶照射進來。**露西亞**從大廳進入。她檢查了餐桌，一下摸摸這邊的刀子、一下又挪挪那邊的叉子。接著，向觀眾看不見的女僕說話。）

露西亞：
我想我們準備好了，葛特露（女僕）。今天就不搖鈴了，我來叫他們就行了。（她走進大廳，並呼喊著。）羅德里克！媽媽貝亞德！我們都準備好了，大家一起用餐吧！（**羅德里克**推著坐在輪椅上的**媽媽貝亞德**入場。）

媽媽貝亞德：
⋯⋯而且還要有一匹新馬，羅德里克！我曾經這麼認為，只有惡人才能擁有兩匹馬。而我們家有了一匹新馬、一幢新房，並且還有一位新婚的妻子！

露西亞：
　　媽媽貝亞德，過來這，妳坐在我們兩人的中間。

羅德里克：
　　媽媽，如何，您滿意嗎？這是我們新房的第一次聖誕晚餐，對嗎？

媽媽貝亞德：
　　噴——噴——噴！我真不知道，你親愛的父親會怎麼說呢！
　　（**羅德里克**輕聲地謝禱。）
　　親愛的露西亞，我還記得，印第安人還住在這塊土地上時，我已不再是年輕的女孩了。我記得，那時我們必須靠著新製的木筏跨越密西西比河。我還記得，聖路易斯市與肯薩斯市都住著印第安人。

露西亞：
　　（為**媽媽貝亞德**在脖子上繫了餐巾）真是無法想像從前的情況！而這裡！我們第一次聖誕大餐是在多麼美好的一天下進行：美麗陽光的早晨、滿地的白雪、精彩的講道。麥卡迪博士精彩傑出的講道，讓我哭了又哭。

羅德里克：
　　（伸出假想的大餐叉）來吧！媽媽，妳想要來點什麼嗎？一小片白肉？

露西亞：
　　樹上的小樹枝都被結冰纏繞著，這種景象你們幾乎不曾見過。親愛的媽媽，我可以切一塊給妳嗎？（轉過身來）格特魯德（女僕），我忘了果凍。妳知道，在……最上面

的架子上。媽媽貝亞德，搬家時，我們發現您母親當時留下來沾火雞肉醬汁的器皿。親愛的媽媽，您母親叫什麼名字？您結婚以前的全名是什麼？您是……吉納維芙‧維恩萊特。那您母親是……

媽媽貝亞德：
是的，妳一定要寫下來。我結婚前的全名是：吉納維芙‧維恩萊特。我的母親是費絲‧莫里森。她居住在新罕布夏州，是一位農民兼做鐵匠的女兒。她和年輕的約翰‧維恩萊特結婚……

露西亞：
（*用手指記述著*）吉納維芙‧維恩萊特、費絲‧莫里森。

羅德里克：
這些全部都被記載在樓上某處的一本簿子裡了。所有關於這類的話題都很有趣。來吧，露西亞，喝一點酒。媽媽，聖誕節來點紅葡萄酒吧。紅酒含有豐富的鐵質，「為了增加您的胃口，喝點紅酒吧！」

露西亞：
說真的，我一向不習慣紅酒！要是父親知道我喝酒，不知道他會怎麼說？不過我想這一點酒，應該不會有事的。
（**堂兄布蘭登**從大廳進入。*他拉了一把椅子並坐在***露西亞***的旁邊。*）

堂兄布蘭登：
（*搓揉著雙手*）好極了，好極了，我聞到火雞肉的香味。我親愛的親戚們，我不能不告訴你們，能夠與大家共進聖誕晚餐是多麼令人愉快的事啊！我獨自一人住在阿拉斯

加好久了,而且沒有任何親人在那裡。讓我瞧瞧,羅德里克,你們住在這幢新房有多久了呢?

羅德里克:
為什麼問這個問題呢?這房子應該是有……

媽媽貝亞德:
五年!這房子已經五年了,孩子們,你們應該寫寫日記。這是你們在這房子的第六次聖誕晚餐。

露西亞:
羅德里克,想不到只有五年而已,不過感覺上,我們好像住在這裡已經有二十年了。

堂兄布蘭登:
所有的一切,仍然看起來一樣好,就像新的。

羅德里克:
(切著火雞肉)布蘭登,你要來點什麼嗎,雞胸肉或雞腿肉?……法蘭達(女僕),倒滿布蘭登堂哥的酒杯。

露西亞:
喔!親愛的,我不習慣喝酒。不知道我父親知道我喝酒會怎麼說,但我很確定,我一直都不習慣喝酒的。媽媽貝亞德,您需要來點什麼嗎?
(隨著談話之後,**媽媽貝亞德**的椅子,沒有人推動,開始離開了餐桌,向著右邊,慢慢轉往右邊的門戶。)

媽媽貝亞德:
好的,我仍然記得印第安人還住在這塊土地的時候。

露西亞：

（*溫柔地*）羅德里克，媽媽最近身體不太好。

媽媽貝亞德：

我的母親費絲・莫里森，在新罕布夏州，嫁給了一位名叫約翰・維恩萊特的年輕教會牧師。有一天，牧師在教堂的禮拜裡遇見了她……

露西亞：

（*起身並走到舞臺中心位置*）親愛的媽媽，您需不需要躺下來好好休息一下？

媽媽貝亞德：

……在講道中，牧師對自己說：「我將會娶那位女孩。」然後他做到了，而我就是他們的女兒。
（**羅德里克**起身，*擔心地轉向右方*）

露西亞：

（*焦慮地看顧她*）親愛的媽媽，稍微小睡一下好嗎？

媽媽貝亞德：

我沒事的，你們繼續享用晚餐吧。（*從右側離開*）十歲時，我對弟弟說……
（*非常短暫的停頓，在此期間，***羅德里克***坐下，***露西亞***返回座位，三個人恢復用餐。*）

堂兄布蘭登：

（*親切地*）太可惜了，今天的天氣是如此寒冷又陰沈，我們差不多就需要開燈了。教堂結束後，我和路易斯少校聊了一下，雖然坐骨神經痛一直困擾他，但是他目前的狀況還算不錯。

露西亞：
（*擦拭著雙眼*）我知道媽媽貝亞德不希望我們在聖誕節這一天為她感到難過，但我難以忘記：就在一年前，她還坐在我們身邊的輪椅上。她知道我們有好消息，她一定會非常高興的。

羅德里克：
別難過，別難過，今天正是聖誕節呢！（*正式地*）堂兄布蘭登先生，我敬您一杯酒，先生。

堂兄布蘭登：
（*半身站起，豪爽地舉起酒杯*）我也敬您，先生。

露西亞：
那位少校的坐骨神經還會痛嗎？

堂兄布蘭登：
或許有時候還是會疼痛。但是你們知道他的態度。他說，在百年內，每個人所面臨的狀況都是一樣的！

露西亞：
說得真有道理，他真是一位偉大的哲學家。

羅德里克：
妳送他妻子的聖誕禮物，他妻子向妳表達了萬分的謝意。

露西亞：
我忘記送的是什麼東西？……哦，對了，是一只針線籃！（*稍微停頓，演員目光投向左門戶。從出生入口進來的是一位護士，抱著虛構的嬰兒在懷裡。露西亞朝向她衝去，兩個男人隨後跟著。*）

啊，我多麼美麗的嬰孩！我的心肝寶貝！有誰見過這麼特別的嬰孩！護士，快點讓我看看，是男孩還是女孩？一個小男孩！羅德里克，我們該取什麼名字？說真的，護士，妳應該從來沒見過這像這樣特別的小孩吧！

羅德里克：

以妳父親和祖父之名，就叫他查爾斯吧。

露西亞：

羅德里克，但是《聖經》裡沒有查爾斯這個名字。

羅德里克：

當然有，肯定會有的。

露西亞：

羅德里克！……好吧，但對我來說，他就是撒母耳。[1]

堂兄布蘭登：

說真的，護士，妳應該從來沒有見過這樣特別的嬰孩吧！
（護士出現在舞臺上大廳門的中央。）

露西亞：

他有雙多麼神奇的小手！真的，這是世界上最美麗的小手了。好了，護士。我親愛的寶貝，祝你有個甜蜜的好眠！
（護士退出，進入大廳。**露西亞**和**堂兄布蘭登**回座。）

---

[1] 英文 Samuel，中文譯成「撒母耳」，此為《聖經》舊約記載的名字，撒母耳此名字原本的意思是「為神所垂聽的」。撒母耳的母親在他出生以前，無法生育，其母親曾祈求上帝給予一子，並且如許願其禱告蒙上帝應允，她必定將兒子奉獻給上帝。撒母耳從小就被帶到聖殿裡，獻身於此工作終身。露西亞母親希望稱兒子為「撒母耳」，應該對兒子有所期待及與基督信仰有關，本譯文將「撒母耳」的簡稱 Sam 翻為「山姆」，為大家比較熟悉的名字。

羅德里克：
（從大廳門大叫）護士！抱好他，不要掉在地上，布蘭登和我需要他加入公司。
露西亞，來點雞胸肉？來些餡料嗎？有誰還要蔓越莓醬嗎？

露西亞：
（轉頭）瑪格麗特（女僕），今天的餡料做得非常好。……我只要一點，謝謝。

羅德里克：
現在我們得喝點東西幫助消化。（起半身）布蘭登堂兄，我以這杯酒敬您。也敬女士，願上帝保佑女士們。

露西亞：
謝謝您，如此體貼的男士們。

堂兄布蘭登：
可惜呀！今天的天氣如此陰鬱又沒下雪。

露西亞：
但是今天教堂的講道很動人，我哭了又哭。斯波爾丁博士的佈道真是太精彩了。

羅德里克：
教堂禮拜結束後，我和路易斯少校聊了一下。他說，他的風濕病時好時壞。他的妻子說，今天下午，她會把給查爾斯的禮物帶來。

（*他們再次面向左門戶。**護士**如先前進場。**露西亞**朝她衝去。**羅德里克**從餐桌到舞臺中心，**堂兄布蘭登**並沒有起身。*）

露西亞：

喔，我可愛的新生兒！說真的，從沒想到，這次是個女孩。護士，她是如此的完美可愛。

羅德里克：

現在輪到妳了，妳為她選擇什麼名字？

露西亞：

哦、哦、哦、哦！唉呀！我呀！好的，這一次可以依照我的意思了。應該取名為「吉納維芙」，和你母親同名。祝妳有個甜蜜的好眠，我的寶貝！

（*護士退出，進入大廳*）

想像一下！有一天，她將長大，並說：「早安，媽媽！早安，爸爸！」……說真的，布蘭登堂哥，可不是每天都可以發現那樣完美又可愛的小嬰孩。[2]

（*他們回到座位上，並再次用餐。**羅德里克**，如同之前一樣，站著，用刀切肉。*）

堂兄布蘭登：

別忘了，新的工廠。

露西亞：

新的工廠？真的嗎？羅德里克，如果我們變有錢了，我會非常地不自在。多年來，我一直害怕這種事發生。……

---

[2] 其意思是，小嬰孩在此時正是最可愛的時候，但是小嬰孩會持續的長大，這是有「時間」的限制，只要時間一過、長大後，小嬰孩就會不一樣了。

但是我們沒有必要在聖誕節這天討論這種事。我只要一小片的雞胸肉，謝謝你。羅德里克，查爾斯注定要當一位牧師。我是非常肯定的。

羅德里克：
妳這女人！他只有十二歲而已，讓他依照自己的自由意志發展吧。我倒不介意說，*我們*想讓他留在公司裡工作。
（*他坐下，明顯成熟許多。*）
無論如何時間的等待，沒有比等待這些頑皮的小孩長大、有穩定的工作還要更漫長的事了。

露西亞：
我不想讓時間得如此的快，謝謝。不管孩子變多少，我都愛著他們。……真的，羅德里克，你知道醫生怎麼說：一餐飯，一杯酒。不，瑪格麗特（女僕），已經夠了！
（*羅德里克起身，手握著酒杯。一臉沮喪的他朝右扇門走了幾步。*）

羅德里克：
（*手持酒杯*）現在感到納悶的是，我到底出了什麼問題？

露西亞：
羅德里克，要講清楚你到底是怎麼了！

羅德里克：
（*起身離開，往右走了幾步路，帶點嘲諷意味*）但是，親愛的，數據顯示，像我們這樣有節制飲酒的人……

露西亞：
（*起身，倉促地沿著餐桌到舞臺中央*）羅德里克！親愛的！到底是怎麼一回事……？

羅德里克：
（*返回座位，表情稍為緩和了害怕的神情。年紀明顯變老*）噯呀！能再度和妳一起享用聖誕晚餐是多麼美好呀！
（**露西亞**回到座位上）
我在樓上，不知錯過了多少次美好的聖誕節晚餐呢？今天終於回來了，一切還是那麼的美好又開心。

露西亞：
哦，我親愛的！你讓我們擔心了好久！這杯是你的牛奶。……約瑟芬（女僕），到書房的櫥櫃裡，把貝亞德先生服用的藥拿過來。

羅德里克：
無論如何，現在我身體比較好了，應該開始要為這房子做一些事了。

露西亞：
羅德里克！你該不會打算改變這間房子吧？

羅德里克：
只是稍做翻修！它看起來像是上了百年的老房子。
（**查爾斯**漫不經心地從大廳進入。）

查爾斯：
媽媽！今天早晨的風真是強大，強烈的風越過山丘，就像許多的砲擊聲似的。（*他親吻母親的頭髮。*）

露西亞：
查爾斯，由你來切火雞，親愛的。你爸爸身體近況不是很好。

羅德里克：

　　但是……還不至於到不行。

查爾斯：

　　你每次都說你很討厭切火雞！

　　(**查爾斯**從右牆拉出一張椅子，放在原本是**媽媽貝亞德**的座位。**羅德里克**換位子並坐下此座位。而**查爾斯**則坐在他父親之前的位置。**查爾斯**坐下，並開始切火雞。)

露西亞：

　　(顯示年紀大了)而且這麼好的一次講道，我哭了又哭。以前，媽媽貝亞德很喜愛聽精彩的講道，而且還會整年都唱著聖誕讚美詩歌。哦，親愛的，哦，親愛的，今天整個早上，我竟然一直想念著她！

查爾斯：

　　噓！媽媽，今天是聖誕節，不要再去想這些過去的往事。……妳的心情千萬不可這麼沮喪。

露西亞：

　　但悲傷與沮喪是不一樣的。我一定是老了，我變得喜歡懷念過去的往事。

查爾斯：

　　布蘭登伯父，你怎麼還不吃呢？希爾達(女僕)，把他的盤子遞過來，……來些蔓越莓醬……

　　(吉納維芙從大廳進入)

吉納維芙：
　　真是令人感到榮耀的一天。（親吻父親的鬢角，從牆邊拉出一把椅子，她坐在父親和堂兄布蘭登之間）。樹上的小樹枝都被結冰纏繞著，這種景象你們幾乎不曾見過。

露西亞：
　　吉納維芙，在教堂禮拜結束之後，妳有沒有時間把聖誕禮物分送出去？

吉納維芙：
　　有的，媽媽。路易斯老太太，向妳致上萬分的感謝，[3] 那禮物正是她最想要的。查爾斯，我要多一點蔓越莓醬、再多一點。

羅德里克：
　　根據數據統計，先生女士們，像我們這些有節制飲酒的人……

查爾斯：
　　爸爸，今天下午一起去溜冰[4]吧？

羅德里克：
　　我會一直活到九十歲。（起身並且轉向右邊的門戶。）

露西亞：
　　我不認為他該去溜冰的。

---

[3] 劇本英文原文「a thousand thanks」為「一千個感謝」，其代表著中文十二萬分的感謝，也就是說非常有誠意的感謝。

[4] 此劇本英文「skating」原意是「溜冰」的意思，但是英文「skate」除了滑冰與溜冰的意思之外，美國另一種俗語稱呼不中用的老馬、瘦馬、傢伙及吊兒郎當、遊戲人間的意味。這裡也有如中文所說「出去外面蹓躂」的意味。

羅德里克：
（*非常靠近右門，頓時驚訝*）沒錯，但是……但是……時候還沒到呢！
（*他走出右門*）

露西亞：
（*擦拭著雙眼*）布蘭登堂哥，他曾經那麼地年輕、那麼地聰明。（*為了堂兄布蘭登的重聽，她提高了聲音*）我說，他曾經那麼年輕、那麼聰明。……孩子們，永遠不要忘記你們的父親。他是個好人。……喔，是的，他不希望我們在今天為他悲傷。

查爾斯：
吉納維芙，來點雞胸肉或是雞腿肉？媽媽，只要再一小片雞胸肉嗎？

露西亞：
（*披上披肩*）吉納維芙，我還記得，第一次在這棟房子享用聖誕大餐，就在二十五年前的今天。媽媽貝亞德在這裡，坐在輪椅上。她仍然記得，印地安人還住在這裡時候，她必須坐上新自製的木筏穿越河川的情況。

查爾斯：
媽媽，她不可能這麼做的。

吉納維芙：
那不可能是真的。

露西亞：
這當然是真的……就連我都還記得只有一條柏油路的時候。當時，我們都非常高興地走在木板鋪成的路上。（*對*

堂兄布蘭登*大聲地說*）布蘭登堂哥，我們仍然記得當時沒有人行道，對不對？

堂兄布蘭登：

（*非常高興*）哦！對呀！過去的那些日子啊！

查爾斯和吉納維芙：

（*輕柔的家族合聲*）過去的那些日子啊！

露西亞：

……吉納維芙，昨晚的舞會呢？妳玩得愉快嗎？親愛的，我真希望妳沒有跳*華爾茲*。我覺得像我們這樣身分地位的女孩，應該要樹立好榜樣。查爾斯有沒有照顧妳？

吉納維芙：

他沒有時間照顧我，所有男孩的目光都在莉奧諾拉・貝玲上。媽媽，他無法隱藏內心的迫切渴望。我認為他已決定要向莉奧諾拉・貝玲求婚了。

查爾斯：

我還沒有要向任何人求婚。

露西亞：

喔，好吧，她的確長得很漂亮。

吉納維芙：

媽媽，我不想結婚……我要永遠待在這房子裡，陪在妳身邊，仿佛人生就是一場漫長又快樂的聖誕節晚餐。

露西亞：

喔，我的孩子！妳不能別說這種傻話！

吉納維芙：

（*開玩笑的*）妳不要我了嗎？難道妳不需要我的陪伴嗎？
（**露西亞**突然淚流滿面。**吉納維芙**起身並走近她。）
為什麼，媽媽，妳怎麼那麼傻！沒什麼好傷心的……有什麼值得讓妳這麼難過？

露西亞：

（*擦乾眼淚*）原諒我，我只是擔心著不可預料的事情，僅是如此而已。
（**查爾斯**走到大廳門口，並帶領**莉奧諾拉．貝玲**。）

查爾斯：

莉奧諾拉！

莉奧諾拉：

早安，媽媽貝亞德。
（**露西亞**起身，站在大廳門口附近迎接**莉奧諾拉**。堂兄**布蘭登**也起身。）
大家早安。媽媽貝亞德，妳坐在查爾斯的旁邊。
（*她協助她坐在之前**羅德里克**的座位。堂兄**布蘭登**坐在中間的座位。**吉納維芙**坐在他的左邊，**莉奧諾拉**坐在長餐桌左端位置。*）
今天真是個燦爛的聖誕節。

查爾斯：

要來點雞胸肉嗎？吉納維芙、媽媽、莉奧諾拉？

莉奧諾拉：

樹上的小樹枝被結冰纏繞著。……這種景象你們幾乎不曾見過。

查爾斯：

（大聲喊叫）布蘭登伯父，還要再喝嗎？……羅傑斯（僕人），為我伯父倒酒。

露西亞：

（對查爾斯）就依照你爸爸過去的方式敬酒吧，布蘭登伯父會很開心的。你會瞭解的，（假裝舉杯）「布蘭登伯父，向您敬酒……」

查爾斯：

（起身）……伯父，布蘭登先生，我向您敬酒。

堂兄布蘭登：

我也以酒敬您，先生。女士們，但願上帝保守每個人。

女士們：

謝謝，善良的紳士們。

吉納維芙：

如果我到德國念音樂的話，保證會回家過聖誕節，我絕對不會錯過這美好的時光。

露西亞：

我內心很不願意想到妳，孤獨一人寄住在那陌生的宿舍裡。

吉納維芙：

但是，親愛的，時間將會過得非常快，快到幾乎讓妳不覺得我離開過。轉眼間，我又會回來了。

（莉奧諾拉往左邊出門口探望，起身，走了幾步。護士抱著嬰兒從左下方進入。）

莉奧諾拉：

哦，是一位天使！真是世界上最可愛的寶貝。讓我抱抱她，護士。

（*護士毅然穿越了舞臺，然後從右側門離場。莉奧諾拉跟隨著。*）

天啊，我真的好愛她！

（*查爾斯起身，摟著他的妻子，低語安撫，且慢慢地引導她回到座位。*）

吉納維芙：

（*當查爾斯與莉奧諾拉越過舞臺時，輕輕地向母親說話*）是不是還有什麼事情？我可以幫忙的！

露西亞：

（*沮喪地皺起眉毛*）不，親愛的，只有時間，只有歲月的流逝，可以幫助人渡過這些事情。

（*查爾斯返回座位。短暫停頓。*）

你不覺得我們可以問問愛門卡黛表姊要不要搬來和我們一起住？我們有足夠的房間，沒有理由讓她一直無止境地教小學一年級。她不會妨礙任何人的，查爾斯，對嗎？

查爾斯：

喔，不會造成困擾的！我認為這倒是件好事。……有沒有人想來點馬鈴薯和醬汁嗎？媽媽，要不要再一點火雞肉？

（*堂兄布蘭登起身，慢慢走向黑暗之門。露西亞起身，站著一下，雙手掩住臉頰。*）

堂兄布蘭登：

（*喃喃自語*）過去在阿拉斯加的那些日子真是美好……

吉納維芙：
(起半身，害怕地凝視母親) 媽媽，到底是怎麼一回事……？

露西亞：
(倉促) 噓，親愛的。這一切都會過去的。……趕快把握住妳學習音樂的機會，妳會明白的。(吉納維芙開始走向她) 不要靠近、不要靠近，我只想獨自一人好好的安靜一下。

查爾斯：
如果共和黨能集中他們的選票，而不是因派系之爭而分散選票的話，他們是可以阻止對方獲得連任的機會。
(露西亞轉身，開始跟隨堂兄布蘭登往右走。)

吉納維芙：
查爾斯，媽媽沒有告訴我們，這些日子以來，她身體一直沒有很好。

查爾斯：
來吧！媽媽，我們將會去佛羅里達州幾個星期。
(吉納維芙衝向母親。)
(堂兄布蘭登從右邊出口退場。)

露西亞：
(站在門口，面帶微笑對吉納維芙揮揮手) 別傻了，不要為我感到悲傷。
(露西亞緊握雙手，擺在下巴下，嘴唇顫動、低聲有詞。然後安詳地走入右扇門。)

吉納維芙：

（*凝視著她媽媽的背影*）但是，接下來我能做什麼呢？如今所遺留下來的，還有什麼是我可以做的？

（*她回到座位上。*）

（*就在這時，護士帶來兩個嬰兒，從左側入口進入。莉奧諾拉趕了過去。*）

莉奧諾拉：

啊呀！我親愛的……雙胞胎……查爾斯，他們真是容光煥發，不是嗎！過來看看他們！注意看看他們！（*查爾斯穿過舞臺朝左邊走去。*）

查爾斯：

（*彎腰看籃筐裡的嬰兒*）哪一個是哪一個？

莉奧諾拉：

我覺得我好像是世上第一位生了雙胞胎的母親……看看他們現在的模樣！但是為什麼媽媽貝亞德（指露西亞）無法活久一點，不然就可以好好看看他們了！

吉納維芙：

（*突然大聲悲痛欲絕地起身*）我不想繼續下去了，我再也無法忍受這樣的日子了。

查爾斯：

（*很快地走向她，他們坐了下來。殷切地握著她的雙手，並低聲對她說*）但是，吉納維芙，吉納維芙！如果媽媽知道妳有這樣的想法，她會多麼擔心呀……吉納維芙！

吉納維芙：

（*失去控制*）我從沒告訴過媽媽，她有多麼的棒。我們過去對待她，就好像她只是住在這棟房子裡的一位夥伴。我以為媽媽一直會永遠在這裡。（*坐下*）

莉奧諾拉：

（*膽怯*）親愛的吉納維芙，請妳過來一下，握住孩子的手。

（*吉納維芙鎮定下來，走到護士前，對著嬰兒籃筐努力地微笑。*）

我們叫這女孩露西亞，與她的祖母同名……這樣能讓妳高興嗎？看看他們的小手多麼可愛呀！

吉納維芙：

他們是多麼的甜美可愛，莉奧諾拉！

莉奧諾拉：

親愛的，把妳的手指給他，只是讓他握著。

查爾斯：

我們會取名為撒母耳（山姆），[5]……好了，現在，大家快回來繼續享用晚餐吧。

（*女士們坐好，護士離開進入大廳，查爾斯往大廳方向呼喊著。*）

不要把他們掉在地上，護士，至少不要讓男孩墜落。我們需要他加入我們的公司。

（*他回到座位。*）

---

[5] 此處英文是為 Samuel 應該譯為「撒母耳」，但是為了劇中以後稱這長男為 Sam 所以改翻為「山姆」，Samuel 簡稱為 Sam 也是代表同一個名字，可參考前面的註釋。

莉奧諾拉：

  有一天，他們會長大的。想像一下！他們會跑過來說：「媽媽，妳好！」

查爾斯：

  （現在四十歲了，看起來很有威嚴）來吧，莉奧諾拉、吉納維芙，喝點酒？酒含有豐富的鐵質！愛德華多（僕人），把酒填滿女士們的玻璃杯。真是寒風刺骨的早晨。以前常在這樣的早晨，我會與父親去溜冰，而媽媽從教堂回來會說……

吉納維芙：

  （朦朧地回想起）我知道……她會接著說，「真是一個精彩的講道，我哭了又哭。」

莉奧諾拉：

  她為什麼哭，親愛的？

吉納維芙：

  那個時代的人，都會為了精彩的講道而哭，那是他們過去的生活方式。

莉奧諾拉：

  吉納維芙，是真的嗎？

吉納維芙：

  他們從孩童時代就必須去教堂，我想在教堂裡聽講道的時候，就會促使他們想起過去的父母親，就像我們現在的聖誕晚餐是同樣的情況，尤其是在這樣的老房子裡。

莉奧諾拉：

　　查爾斯，這房子確實很老。而且還很難看，看看那些鐵製雕花裝飾，還有那個令人討厭的圓屋頂（屋頂支架的穹頂）。

吉納維芙：

　　查爾斯！你不會改變這房子吧！

查爾斯：

　　不，不，我不會放棄這房子，但是偉大的上帝呀！它已經是五十年的老房子了。今年春天，我們會拆除圓屋頂，並面向網球場蓋一個新的廂房。
　　（從現在開始，**吉納維芙**有明顯地改變，她坐得更筆直。她的嘴角不動，變得坦率卻略有所失的未婚女人。**查爾斯**成為帶點華而不實的普通商人。）

莉奧諾拉：

　　那麼，我們為什麼不能邀請你們親愛的愛門卡黛表姊和我們一起住呢？她真是友善又謙虛。

查爾斯：

　　立刻問問她，帶她離開任教已久的小學一年級。

吉納維芙：

　　我們似乎只有在聖誕節這一天，看到她寄來的聖誕賀卡，才會想到要邀請她來。
　　（從左邊進場，**護士**帶著嬰孩。）

莉奧諾拉：

　　另一個男孩！另一個男孩！你終於有一個名叫羅德里克的兒子了。

查爾斯：
  （*跨越到左下方*）羅德里克・布蘭登・貝亞德，一位標準的小戰士。

莉奧諾拉：
  再見了，親愛的。不要長得太快。是的，是的，哦，哦，哦……就停留在現在的模樣吧！……謝謝妳，護士。

吉納維芙：
  （*沒有離開過座位，冷冷地重複*）就讓一切都停留在現在的模樣吧！
  （**護士**退場入大廳。**查爾斯**與**莉奧諾拉**返回至座位。）

莉奧諾拉：
  現在我有三個孩子。一個、兩個、三個。兩男孩和一個女孩。好像在收集小孩似的，真是令人感到興奮。（*轉頭說*）什麼事，希爾達（女僕）？喔！是愛門卡黛表姊來了，請進，表姊。
  （*她走到大廳門口，並歡迎已經年邁的***表姊愛門卡黛**。）

愛門卡黛：
  （*膽怯*）很高興見到大家。

查爾斯：
  （*為她拉出中間椅子*）表姊，這雙胞胎已經完全被妳迷住了。

莉奧諾拉：
  這些孩子們立即就跟著她呢。

查爾斯：
　　愛門卡黛表姊，我們究竟是怎樣的親戚關係？……妳瞧，吉納維芙，這是妳最擅長的。……首先，媽媽（指莉奧諾拉），還要點火雞肉與餡料嗎？有沒有人需要蔓越莓醬呢？

吉納維芙：
　　我能描述出這些親戚的關係，祖母貝亞德是妳的……

愛門卡黛：
　　妳的祖母貝亞德是我祖母哈斯金斯的遠房堂妹，來自維恩萊特家族。

查爾斯：
　　喔！對了，這些都記載在樓上某處的一本簿子裡。這所有相關的事情都非常有意思。

吉納維芙：
　　真是無稽之談，沒有這樣的本子吧。所有的記載都是我從墓碑上收集下來的，……讓我告訴你們……為了找到曾祖父母，我還必須先刮除墓碑上的一堆苔蘚呢。

查爾斯：
　　有一個故事，關於我的祖母貝亞德，在沒有橋樑或渡輪船之前，她必須乘坐木筏穿越密西西比河。吉納維芙與我出生之前，她就過世了。在這樣偉大的新國家裡，時間過得真快。愛門卡黛表姊，需不需要再來些蔓越莓醬嗎？

愛門卡黛：

（膽怯）唉，但時間在歐洲必定過得非常緩慢，因為令人感到恐懼又可怕的戰火，正持續不停地漫延著。

查爾斯：

或許偶爾一次的戰爭，也沒那麼糟糕吧。它會清除國家所蘊釀許多的毒害，就像沸水殺菌一樣。

愛門卡黛：

哦，親愛的，哦，親愛的！

查爾斯：

（略有所指地津津樂道）是呀，就像是滾燙的沸水在殺菌一樣。……喔！喔！你們的雙胞胎來了。
（這對雙胞胎出現在大廳門口。山姆穿著軍隊制服。露西亞正忙著為他整理軍服。）

露西亞：[6]

媽媽，他這身穿著，看起來是不是很棒？

查爾斯：

讓我們好好地看一看你！

山姆：

媽媽，我不在的時候，不要讓羅德里克隨便碰我的集郵冊。（穿過舞臺往右邊走去）

---

[6] 此處之後出現的雙胞胎女兒露西亞為「露西亞二世」，為查爾斯的女兒。

莉奧諾拉：
聽著，山姆，有空時一定要寫封信回來，做個好男孩，要把寫信的事放在心上。

山姆：
愛門卡黛姨媽，[7]妳有時間的話，不妨寄一些妳做的糕餅。
（*莉奧諾拉起身*）

愛門卡黛：
（*顫動地說*）我一定會的，親愛的孩子。
（*莉奧諾拉穿過舞臺中央，山姆往穿過舞臺往右下方走去*）

查爾斯：
（*起身，面對山姆*）如果你需要用錢，記得我們公司有駐巴黎和倫敦的代表。

莉奧諾拉：
（*穿越了舞臺中央，再往右下方走去*）一定要做個好男孩，山姆。

山姆：
我會的！再見……
（***山姆***　*不帶感傷地親吻他母親，並輕快地進入右扇門。他們都回到座位上，**露西亞**坐在父親左邊。*）

---

[7] 注意此處山姆是晚輩，他以父母方式來稱呼 Cousin Ermengarde（愛門卡黛堂姊），但用中文解釋不合邏輯，應該以我們中國人方式來稱呼，所以應該翻譯為「愛門卡黛姨媽」。

愛門卡黛：

（*低沈、緊迫的聲音繼續談話*）離開教堂時，我與費柴爾德太太聊了一會兒。她說風濕病有好一點。她要我傳話給妳，她衷心地感謝妳送她的聖誕禮物。是一只針線籃，對嗎？（*短暫停頓*）……這真是令人稱讚的講道，教堂的彩色玻璃窗是如此的燦爛美麗，莉奧諾拉，那是如此的美麗。每個人一說到彩色玻璃窗，就會開始懷念起山姆。

（*莉奧諾拉用手蓋住嘴巴*）

莉奧諾拉，原諒我！但是，當我們都如此想念山姆時，談論他，要總比不去談論他要來得好。

莉奧諾拉：

（*起身，於痛苦中*）查爾斯，他僅僅是個孩子，他僅僅只是一個單純的孩子。

查爾斯：

我親愛的、我親愛的。

莉奧諾拉：

我很想告訴他，他是多麼棒與優秀。可是我們卻讓他如此輕易地離開。我更想告訴他，所有人對他的看法。……對不起，讓我靜下來、走動一下。……是的，當然，愛門卡黛，談論山姆是最好的懷念方式。

露西亞：

（*低沈的聲音對吉納維芙說*）是不是還有什麼事情？我可以幫忙的！

吉納維芙：

不，不，只有時間，只有歲月的流逝，可以幫助我們能渡過這些事情。

（**莉奧諾拉**，*漫無目的地走在房裡，發現自己走近大廳門的那一刻，她的兒子* **羅德里克** *剛好進入。兒子以手臂攙扶她，並帶她回到餐桌前。兒子抬起頭，看到家庭正瀰漫著沮喪氣氛。*）

羅德里克：[8]

到底怎麼了？為什麼這麼悶悶不樂？今天溜冰時，大家不是都還好好的嗎？

查爾斯：

羅德里克我有話要對你說。

羅德里克：

（*站在他母親椅子的旁邊*）每個人都在那裡，露西亞與丹・克雷頓一直都在角落溜冰。是什麼時候你們倆將會？露西亞，到底是什麼時候你們倆將會？[9]

露西亞：

我不明白你的意思。

羅德里克：

媽媽，露西亞她很快地就要離開我們了。在所有的男人中，露西亞只看上「丹・克雷頓」這個人。

---

[8] 此處之後出現的羅德里克是「羅德里克二世」，為查爾斯的兒子。
[9] 此處所指的乃是露西亞與男友有婚約。

查爾斯：
　　（似乎不祥預兆）年輕人，我有話要對你說。

羅德里克：
　　是的，爸爸！

查爾斯：
　　這是真的嗎？羅德里克，你昨晚在鄉村俱樂部裡⋯⋯還有在聖誕夜舞會上，是不是有行為不檢的情形？

莉奧諾拉：
　　現在不要去提這種事，查爾斯，我求求你，這是我們相聚的聖誕晚餐。

羅德里克：
　　（大聲地）不，我沒有。

露西亞：
　　爸爸，他並沒有行為不檢。是那個令人討厭的約翰尼・劉易斯。

查爾斯：
　　我不想聽到約翰尼・劉易斯這個人，我只想知道我的兒子是否有⋯⋯

莉奧諾拉：
　　查爾斯，我求求你⋯⋯

查爾斯：
　　我們家是這個城鎮的第一家庭！

羅德里克：

（越過餐桌下方走到舞臺左中位置）我恨這個城鎮，我恨任何有關這城鎮的一切，我沒有一天不恨它。

查爾斯：

你的行為就像被寵壞的小狗似地，先生，你是一個無教養又自負的傻孩子。

羅德里克：

我做錯了什麼？我到底做錯了什麼事？

查爾斯：

（起身）你喝醉酒，又對我最要好朋友的女兒失禮。

吉納維芙：

（拍打餐桌）世上沒有什麼事，必須壞到上演那樣醜陋的一幕。查爾斯，我為你感到羞愧。

羅德里克：

偉大的上帝啊！活在這個城鎮裡，你必須完全把自己灌醉，才能忘了它是多麼的乏味與沉悶。時間過得如此緩慢，而且停滯不前，這才是問題所在！（轉身朝大廳門口走去。）

查爾斯：

好呀，年輕人！我們可以好好善用你的時間。從一月二日起，你離開大學後，到貝亞德工廠去工作。

羅德里克：
（*在進入大廳的門*）比起進入你的老工廠，我有更好的事要做。我要到一個時間會前進的地方，我的老天啊！
（*他走進大廳。*）

莉奧諾拉：
（*起身並衝向大廳門*）羅德里克、羅德里克，過來這裡一下。……查爾斯，他能去哪裡呢？

露西亞：
（*起身*）噓，媽媽，他會回來的。
（*她帶領她母親回到椅子上，開始走向大廳的門。*）
現在我要上樓收拾自己的行李。

莉奧諾拉：
我不許讓任何孩子離開這裡！（*坐下*）

露西亞：
（*從門口出來*）噓，媽媽。他會回來的。他只是去加州或某個地方。……大部分的行李，愛門卡黛姨媽都已經幫我準備好了……非常感謝您，愛門卡黛姨媽。（*她若有所思的吻了母親*）我不會離開很久。
（*她跑進大廳去。*）

愛門卡黛：
（*愉快地*）這真是個美好的一天。從教堂回家的路上，我停下來和佛斯特太太聊了一會兒，她的關節炎仍然時好時壞地在發作。

莉奧諾拉：
親愛的，她還在疼痛嗎？

愛門卡黛：
　　哦，她說，在百年以內，每個人所面臨的狀況都是一樣的！

莉奧諾拉：
　　是的，她真是一位勇敢又堅強的人。

查爾斯：
　　來吧，一點雞胸肉，媽媽（指莉奧諾拉）？……瑪麗（女僕），把表姊的盤子傳給我。

莉奧諾拉：
　　那是什麼，瑪麗（女僕）？……哦，這裡有一份從巴黎來的電報！「我們在此，祝賀大家聖誕節快樂，愛你們。」我已告訴他們，我們今天會享用他們的婚禮蛋糕並懷念他們。愛門卡黛，他們似乎已經決定在東部定居，我和女兒，連做她的鄰居都沒辦法。他們期望能盡快在紐約北邊的沿海地帶，蓋一棟房子。

吉納維芙：
　　但是紐約北邊並沒有海岸。

莉奧諾拉：
　　喔對，可能在東邊或在西邊，或是隨便在那一邊都好。
　　（暫停了一下）

查爾斯：
　　（現在已六十歲）我的天啊，這是多麼黑暗的一天。時間過得是多麼緩慢啊，已經沒有任何年輕人在屋子裡了！

莉奧諾拉：
　　我的三個孩子各自在世界的某個地方。

查爾斯：
　　（*浮躁地自我安慰*）唉，他們其中一人還為了國家犧牲了自己的性命。

莉奧諾拉：
　　（*十分感傷*）其中有一人在中國銷售鋁製品。

吉納維芙：
　　（*慢慢地處於歇斯底里的危急狀態*）我什麼都可以忍受，但就是無法忍受這隨處可見又令人厭惡的煙灰。我們早就應該搬離這裡了，工廠已包圍著我們。我們必須每星期更換窗簾。

莉奧諾拉：
　　怎麼了，吉納維芙？

吉納維芙：
　　我無法忍受下去了。（*起身*）我無法再忍受下去了，我要出國。這不僅僅是煙灰從屋裡每面牆穿出，也正是一種不斷冒出的想法。所有曾經在這裡發生的事，或有可能在這裡發生的想法，以及對這房子的情感，都隨著歲月*慢慢*的*磨平*與逐漸流失。我母親昨天去世……不是二十五年前。哦，我要去另一個國家生活並老死他鄉！
　　（**查爾斯**　*起身*）
　　是的，我我將成為一位美國老處女，生活在慕尼黑或佛羅倫斯，然後老死在那裡的養老院。

愛門卡黛：
　　吉納維芙，妳累了。

查爾斯：
　　來吧，吉納維芙，來杯冰開水吧！瑪麗（女僕），打開窗戶一下。

吉納維芙：
　　對不起，我感到抱歉。
　　（吉納維芙含淚快步走進大廳。查爾斯則坐下。）

愛門卡黛：
　　我一直這麼覺得，親愛的吉納維芙會回到我們身邊的。
　　（她站起來，並走向右邊的門口）
　　莉奧諾拉，妳應該出去走一走、看一看，當一切都被結冰纏繞的那一天，那確實是非常的漂亮。。

查爾斯：
　　莉奧諾拉，我過去常在像今天這樣的早晨，與父親一起去溜冰。我希望，我的身體狀況能夠好一點。
　　（查爾斯起身，並跟隨愛門卡黛走向右邊。）

莉奧諾拉：
　　（起身）什麼！這到底是怎麼一回事！轉眼間，我手中就多了兩個無法照顧自己的人？愛門卡黛表姊，你必須趕快好起來，幫我看護查爾斯！

愛門卡黛：
　　我會盡力而為。
　　（愛門卡黛轉向死亡之門，又回到餐桌旁。）

查爾斯：
好吧，莉奧諾拉，我會做到妳的要求。我會寫信給那自負又固執的兒子，原諒他並向他道歉。今天是聖誕節，我會發一封電報給他。這正是我要做的。
（*他從右邊的出口走出，中間又稍微停頓了一下。*）

莉奧諾拉：
（*擦拭眼淚*）愛門卡黛，有妳在這裡相伴，對我是一個很大的安慰。（*坐在*愛門卡黛*的左邊，*吉納維芙*以前的座位。*）瑪麗（女僕），我真的沒有胃口吃東西了。喔，或許，來一小片雞胸肉。

愛門卡黛：
（*變得很老*）離開教堂時，我與基恩太太聊了一會兒，她問了羅德里克與露西亞這兩位年輕人的近況。……莉奧諾拉，在教堂時，我十分自豪地坐在屬於我們的玻璃窗下的座位，上面還刻有我們家族姓氏的黃色銅牌：貝亞德家族的席位，……貝亞德家族在教堂內的固定的座位，我真的是太喜歡它了。

莉奧諾拉：
愛門卡黛，如果這個春天，如果我去和年輕人，短住一段時間，你不會生我的氣吧？

愛門卡黛：
噢，不會的，我知道他們是多麼想妳且需要妳。尤其是現在，他們正要蓋一棟新房子。

莉奧諾拉：
　　妳真的不會生氣嗎？記得，這也是妳的房子，這房子妳想要住多久都可以。

愛門卡黛：
　　我真不明白，為什麼你們不喜歡這棟房子。而我卻是多麼喜歡這棟房子，喜歡到無法用言語來形容。

莉奧諾拉：
　　我不會去很久的。而且我很快就會回來了，我們晚上就可以在一起大聲地朗誦閱讀。
　　（*她吻了她，進入了大廳。*）
　　（**愛門卡黛**，*獨自一人，緩慢地吃著並和女僕瑪麗說話。*）

愛門卡黛：
　　瑪麗（女僕），說真的，我會改變心意的。如果你可以要求貝莎好心的為我做一點蛋酒，一點點美好的蛋酒……瑪麗（女僕），今早收到貝亞德太太寄的信，寫得真好啊，他們在新房子裡享用屬於他們第一次的聖誕晚餐，他們一定非常高興。他們稱她為媽媽貝亞德，她說，她自己好像她是一位老太太似的。她也說，坐在輪椅裡來去自如也還滿舒適的。……真是可愛的一封信……瑪麗（女僕），我要告訴妳一個秘密。注意聽！這還是個大秘密喔！他們有孫子要出生了，這是不是好消息呢！現在，我要讀一下書了。
　　（*她拿起一本書擺放在前面，不時地舀取一小湯匙的奶酪。她從老一點，變得非常老。她嘆了口氣，身邊多了一根拐杖，她搖搖欲墜走向右扇門，並口中念念有詞：*）
　　親愛的小羅德里克和小露西亞。

（觀眾注視著長餐桌一段時間後，燈光逐漸地慢慢暗下）

落幕

Part 2
《漫長的聖誕晚餐》英文劇本

--- CHARACTERS

--- THE SCENE

--- NOTES FOR THE PRODUCER

--- **THE LONG CHRISTMAS DINNER**

CHARACTERS

- **LUCIA**, Roderick's wife
- **RODERICK**, Mother Bayard's son
- **MOTHER BAYARD**
- **COUSIN BRANDON**
- **CHARLES**, Lucia and Roderick's son
- **GENEVIEVE**, Lucia and Roderick's daughter
- **LEONORA BANNING**, Charles's wife
- **LUCIA**, Leonora and Charles' daughter, Samuel's twin
- **SAMUEL**, Leonora and Charles' son, Lucia's twin
- **RODERICK**, Leonora and Charles's yongest son
- **COUSIN ERMENGARDE**
- **SERVANTS**
- **NURSES**

THE SCENE

The dining-room of the Bayard home. A long dining table is handsomely spread for Christmas dinner. The carver's place with a great turkey before it is at the right. Down left, by the proscenium arch, is a strange portal trimmed with garlands of fruits and flowers. Directly opposite, down right, is another portal hung with black velvet. The portals denote birth and death, respectively.

Along the rear wall, at the right, is a sideboard, in the center a fireplace with perhaps a portrait of a man above it, and on the left a large door into the hall.

At the table there is a chair at each end, and three chairs against the walls. The chair at the head of the table should be high-backed and with arms.

NOTES FOR THE PRODUCER

Ninety years are traversed in this play which represents in accelerated motion ninety Christmas dinners in the Bayard household. Although the speech, the manner and business of the actors is colloquial and realistic, the production should stimulate the imagination and be implied and suggestive. Accordingly gray curtains with set pieces are recommended for the walls of the room rather than conventional scenery. In the center of the table is a bowl of Christmas greens and at the left end a wine decanter and glasses. Except for these all properties in the play are imaginary. Throughout the play the characters continue eating invisible food with imaginary knives and forks. The actors are dressed in inconspicuous clothes and must indicate their gradual increase in years through their acting.

The ladies may have shawls concealed which they gradually draw up about their shoulders as they grow older.

At the rise of the curtain the stage should be dark, gradually a bright light dims on and covers the table. Floods of light also are directed on the stage from the two portals. The flood from stage Right should be a "cool" color, and the one from stage Left "warm." If possible all lights should be kept off the walls of the room. (It may be possible, when this play is given by itself, to dispense with the curtain, so that the audience arriving will see the stage set and the table laid, though in indistinct darkness.)

Experience has shown that many companies have fallen into the practice of playing this play in the weird, lugubrious manner. Care should be taken that the conversation is normal and that after the "deaths" the play should pick up its tempo at once.

THE LONG CHRISTMAS DINNER

(There is no curtain. The audience arriving at the theatre sees the stage set and the table laid, through still in partial darkness. Gradually the lights in the auditorium become dim and the stage brightens until sparkling winter sunlight streams through the dining-room windows. Enter **LUCIA** *from the hall. She inspects the table, touching here a knife and there a fork. She talks to a servant girl who is invisible to us.)*

LUCIA.
> I reckon we're ready now, Gertrude. We won't ring the chimes today. I'll just call them myself. *(She goes into the hall and calls.)* Roderick. Mother Bayard. We're all ready. Come to dinner.

(Enter **RODERICK** *pushing* **MOTHER BAYARD** *in a wheelchair.)*

MOTHER BAYARD.
> …and a new horse too, Roderick. I used to think that only the wicked owned two horses. A new horse and a new house and a new wife!

LUCIA.
> Here, Mother Bayard, you sit between us.

RODERICK.
> Well, Mother, how do you like it? Our first Christmas dinner in the new house, hey?

MOTHER BAYARD.

Tz-Tz-Tz! I don't know what your dear father would say!

(**RODERICK** *says grace.*)

My dear Lucia, I can remember when there were still Indians on this very ground, and I wasn't a young girl either. I can remember when we had to cross the Mississippi on a new-made raft. I can remember when Saint Louis and Kansas City were full of Indians.

LUCIA.

(Tying a napkin around **MOTHER BAYARD's** *neck)* Imagine that! There! What a wonderful day for our first Christmas dinner: a beautiful sunny morning, snow, a splendid sermon. Dr. McCarty preaches a splendid sermon. I cried and cried.

ROTHERICK.

(Extending an imaginary carving fork) Come now, what'll you have, Mother? A little sliver of white?

LUCIA.

Every last twig is wrapped around with ice. You almost never see that. Can I cut it up for you, dear? *(Over her shoulder)* Gertrude, I forgot the jelly. You know -- on the top shelf. Mother Bayard, I found your mother's gravy boat while we were moving. What was her name, dear? What were all your names? You were...a...Genevieve Wainright. Now your mother --

MOTHER BAYARD.

Yes, you must write it down somewhere. I was Genevieve Wainright. My mother was Faith Morrison. She was the daughter of a farmer in New Hampshire who was something of a blacksmith too. And she married young John Wainright --

LUCIA.

(Memorizing on her fingers) Genevieve Wainright. Faith Morrison.

RODERICK.

It's all down in a book somewhere upstairs. We have it all. All that kind of thing is very interesting. Come, Lucia, just a little wine. Mother, a little red wine for Christmas day. Full of iron. "Take a little wine for thy stomach's sake."

LUCIA.

Really, I can't get used to wine! What would my father say? But I supposed it's all right.

(Enter **COUSIN BRANDON** *from the hall. He takes his place by* **LUCIA**.)

COUSIN BRANDON.

(Rubbing his hands) Well, well, I smell turkey. My dear cousins, I can't tell you how pleasant it is to be having Christmas dinner with you all. I've lived out there in Alaska so long without relatives. Let me see, how long have you had this new house, Roderick?

RODERICK.

Why, it must be...

MOTHER BAYARD.

Five years. It's five years, children. You should keep a diary. This is your sixth Christmas dinner here.

LUCIA.

Think of that, Roderick. We feel as though we had lived here twenty years.

COUSIN BRAINON.

At all events it still looks as good as new.

RODERICK.

(Over his carving) What'll you have, Brandon, light or dark? -- Frieda, fill up Cousin Brandon's glass.

LUCIA.

Oh, dear, I can't get used to these wines. I don't know what my father'd say, I'm sure. What'll you have, Mother Bayard?

(During the following speeches **MOTHER BAYARD**'s *chair, without any visible propulsion, starts to draw away from the table, turns toward the right, and slowly goes toward the right portal.)*

MOTHER BAYARD.

Yes, I can remember when there were Indians on this very land.

LUCIA.

(Softly) Mother Bayard hasn't been very well lately, Roderick.

MOTHER BAYARD.

My mother was a Faith Morrison. And in New Hampshire she married a young John Wainright, who was a congregational minister. He saw her in his congregation one day...

LUCIA.

(Rising and coming to center stage) Mother Bayard, hadn't you better lie down, dear?

MOTHER BAYARD.

...and right in the middle of his sermon he said to himself: "I'll marry that girl." And he did, and I'm their daughter.

(**RODERICK** *rises, turns to right with concern.*)

LUCIA.

(Looking after her with anxiety) Just a little nap, dear?

MOTHER BAYARD.

I'm all right. Just go on with your dinner. *(Exit right)* I was ten, and I said to my brother...

(A very slight pause, during which **RODERICK** *sits and* **LUCIA** *returns to her seat. All three resume eating.)*

COUSIN BRANDON.

(Genially) It's too bad it's such a cold dark day today. We almost need the lamps. I spoke to Major Lewis for a moment after church. His sciatica troubles him, but he does pretty well.

LUCIA.

(Dabbing her eyes) I know Mother Bayard wouldn't want us to grieve for her on Christmas day, but I can't forget her sitting in her wheelchair right beside us, only a year ago. And she would be so glad to know our good news.

RODERICK.

Now, now. It's Christmas. *(Formally)* Cousin Brandon, a glass of wine with you, sir.

COUSIN BRANDON.

(Half rising, lifting his glass gallantly) A glass of wine with you, sir.

LUCIA.

Does the Major's sciatica cause him much pain?

COUSIN BRANDON.

Some, perhaps. But you know his way. He says it'll be all the same in a hundred years.

LUCIA.

Yes, he's a great philosopher.

RODERICK.

His wife sends you a thousand thanks for her Christmas present.

LUCIA.

I forgot what I gave her. -- Oh, yes, the workbasket!
*(Slight pause. Characters look toward the left portal. Through the entrance of Birth comes a **NURSE** holding in her arms an imaginary baby. **LUCIA** rushes toward it, the men following.)*
O my wonderful new baby, my darling baby! Who ever saw such a child! Quick, Nurse, a boy or a girl? A boy! Roderick, what shall we call him? Really, nurse, you've never seen such a child!

RODERICK.

We'll call him Charles after your father and grandfather.

LUCIA.

But there are no Charleses in the Bible, Roderick.

RODERICK.

Of course, there are. Surely there are.

LUCIA.

Roderick! -- Very well, but he will always be Samuel to me.

COUSIN BRANDON.

Really, Nurse, you've never seen such a child.

(**NURSE** *starts up stage to center door.*)

LUCIA.

What miraculous hands he has! Really, they are the most beautiful hands in the world. All right, nurse. Have a good nap, my darling child.

(*Exit* **NURSE** *in the hall.* **LUCIA** *and* **COUSIN BRANDON** *to seats.*)

RODERICK.

(*Calling through center door*) Don't drop him, nurse. Brandon and I need him in our firm.
Lucia, a little white meat? Some stuffing? Cranberry sauce, anybody?

LUCIA.

(*Over her shoulder*) Margaret, the stuffing is very good today. -- Just a little, thank you.

RODERICK.

Now something to wash it down. (*Half rising*) Cousin Brandon, a glass of wine with you, sir. To the ladies, God bless them.

LUCIA.

Thank you, kind sirs.

COUSIN BRANDON.

Pity it's such an overcast day today. And no snow.

LUCIA.

But the sermon was lovely. I cried and cried. Dr. Spaulding does preach such a splendid sermon.

RODERICK.

I saw Major Lewis for a moment after church. He says his rheumatism comes and goes. His wife says she has something for Charles and will bring it over this afternoon.

*(Again they turn to portal down left. Enter **NURSE** as before. **LUCIA** rushes to her. **RODERICK** comes to center of stage below table. **COUSIN BRANDON** does not rise.)*

LUCIA.
O my lovely new baby! Really, it never occurred to me that it might be a girl. Why, nurse, she's perfect.

RODERICK.
Now call her what you choose. It's your turn.

LUCIA.
Loolooloolooloo. Aië. Aië. Yes, this time I shall have my way. She shall be called Genevieve after your mother. Have a good nap, my treasure.

*(Exit **NURSE** into the hall.)*

Imagine! Sometime she'll be grown up and say, "Good morning, Mother. Good morning, Father." -- Really, Cousin Brandon, you don't find a baby like that every day.

*(They return to their seats and again begin to eat. **RODERICK** carves as before, standing.)*

COUSIN BRANDON.
And the new factory.

LUCIA.
A new factory? Really? Roderick, I shall be very uncomfortable if we're going to turn out to be rich. I've been afraid of that for years. -- However, we mustn't talk about such things on Christmas day. I'll just take a little piece of white meat, thank you. Roderick, Charles is destined for the ministry. I'm sure of it.

RODERICK.
Woman, he's only twelve. Let him have a free mind. *We* want him in the firm, I don't mind saying.

(He sits. Definitely shows maturity.)

Anyway, no time passes as slowly as this when you're waiting for your urchins to grow up and settle down to business.

LUCIA.

I don't want time to go any faster, thank you. I love the children just as they are. -- Really, Roderick, you know what the doctor said: One glass a meal. No, Margret, that will be all.

(**RODERICK** *rises, glass in hand. With a look of dismay on his face he takes a few steps toward the right portal.*)

RODERICK.

(Glass in hand) Now I wonder what's the matter with me.

LUCIA.

Roderick, do be reasonable.

RODERICK.

(Rises, takes a few steps right, with gallant irony) But, my dear, statistics show that we steady, moderate drinkers...

LUCIA.

(Rises, rushes to center below table) Roderick! My dear! What...?

RODERICK.

(Returns to his seat with a frightened look of relief; now definitely older) Well, it's fine to be back at table with you again.

(**LUCIA** *returns to her seats.*)

How many good Christmas dinners have I had to miss upstairs? And to be back at a fine bright one, too.

LUCIA.

O my dear, you gave us a very alarming time! Here's your glass of milk. -- Josephine, bring Mr. Bayard his medicine from the cupboard in the library.

RODERICK.

At all events, now that I'm better I'm going to start doing something about the house.

LUCIA.

Roderick! You're not going to change the house?

RODERICK.

Only touch it up here and there. It looks a hundred years old.

(**CHARLES** *enters casually from the hall.*)

CHARLES.

It's a great blowy morning, Mother. The wind comes over the hill like a lot of cannon. *(He kisses his mother's hair.)*

LUCIA.

Charles, you carve the turkey, dear. Your father's not well.

RODERICK.

But -- not yet.

CHARLES.

You always said you hated carving.

(**CHARLES** *gets a chair from right wall and puts it right end of table where* **MOTHER BAYARD** *was.* **RODERICK** *sits.* **CHARLES** *takes his father's former place at the end of table.* **CHARLES**, *sitting, begins to carve.*)

LUCIA.

(Showing her years) And such a good sermon. I cried and cried. Mother Bayard loved a good sermon so. And she used to sing the Christmas hymns all around the year. Oh, dear, oh, dear, I've been thinking of her all morning!

CHARLES.

Shh, Mother. It's Christmas Day. You mustn't think of such things. You mustn't be depressed.

LUCIA.

But sad things aren't the same as depressing things. I must be getting old: I like them.

CHARLES.

Uncle Brandon, you haven't anything to eat. Pass his plate, Hilda…and some cranberry sauce…

*(Enter **GENEVIEVE** from the hall.)*

GENEVIEVE.

It's glorious. *(Kiss father's temple, gets a chair and sits center between her father and **Cousin Brandon**)* Every last twig is wrapped around with ice. You almost never see that.

LUCIA.

Did you have time to deliver those presents after church, Genevieve?

GENEVIEVE.

Yes, Mama. Old Mrs. Lewis sends you a thousand thanks for hers. It was just what she wanted, she said. Give me lots, Charles, lots.

RODERICK.

Statistics, ladies and gentlemen, show that we steady, moderate…

CHARLES.

How about a little skating this afternoon, Father?

RODERICK.

I'll live till I'm ninety. *(Rising and starting toward right portal.)*

LUCIA.

I really don't think he ought to go skating.

RODERICK.

(At the very portal, suddenly astonished) Yes, but…but…not yet!

(He goes out.)

LUCIA.

(Dabbing her eyes) He was so young and so clever, Cousin Brandon. *(Raising her voice for **COUSIN BRANDON**'s deafness)* I say he was so young and so clever. -- Never forget your father, children. He was a good man. Well, he wouldn't want us to grieve for him today.

CHARLES.

White or dark, Genevieve? Just another sliver, Mother?

LUCIA.

(Drawing on her shawl) I can remember our first Christmas dinner in this house, Genevieve. Twenty-five years ago today. Mother Bayard was sitting here in her wheelchair. She could remember when Indians lived on this very spot and when she had to cross the river on a new-made raft.

CHARLES.

She couldn't have, Mother.

GENEVIEVE.

That can't be true.

LUCIA.

It certainly was true -- even I can remember when there was only one paved street. We were very happy to walk on boards. *(Louder, to **COUSIN BRANDON**)* We can remember when there were no sidewalks, can't we, Cousin Brandon?

COUSIN BRANDON.

(Delighted) Oh, yes! And those were the days.

CHARLES & GENEVIEVE.

(Sotto voce, this is a family refrain) Those were the days.

LUCIA.

...and the ball last night, Genevieve? Did you have a nice time? I hope you didn't *waltz*, dear. I think a girl in our position ought to set an example. Did Charles keep an eye on you?

GENEVIEVE.

He had none left. They were all on Leonora Banning. He can't conceal it any longer, Mother. I think he's engaged to marry Leonora Banning.

CHARLES.

I'm not engaged to marry anyone.

LUCIA.

Well, she's very pretty.

GENEVIEVE.

I shall never marry, Mother -- I shall sit in this house besides you forever, as though life were one long, happy Christmas dinner.

LUCIA.

O my child, you mustn't say such things!

GENEVIEVE.

(Playfully) You don't want me? You don't want me?

(**LUCIA** *bursts into tears.* **GENEVIEVE** *rises and goes to her.*)

Why, Mother, how silly you are! There's nothing sad about that -- what could possibly be sad about that?

LUCIA.

(Drying her eyes) Forgive me. I'm just unpredictable, that's all.

(**CHARLES** *goes to the door and leads in* **LEONORA BANNING** *from the hall.*)

CHARLES.

Leonora!

LEONORA.

Good morning, Mother Bayard.

(**LUCIA** *rises and greets* **LEONORA** *near the door.* **COUSIN BRANDON** *also rises.*)

Good morning everybody. Mother Bayard, you sit here by Charles.

(She helps her into chair formerly occupied by **RODERICK**. **COUSIN BRANDON** *sits in center chair.* **GENEVIEVE** *sits on his left, and* **LEONORA** *sits at foot of the table.)*

It's really a splendid Christmas Day today.

CHARLES.

Little white meat? Genevieve, Mother, Leonora?

LEONORA.

Every last twig is encircled with ice. -- You never see that.

CHARLES.

(Shouting) Uncle Brandon, another? -- Rogers, fill my uncle's glass.

LUCIA.

*(To **CHARLES**)* Do what your father used to do. It would please Cousin Brandon so. You know *(pretending to raise a glass)* "Uncle Brandon, a glass of wine…"

CHARLES.

(Rising) Uncle Brandon, a glass of wine with you, sir.

COUSIN BRANDON.

A glass of wine you, sir. To the ladies, God bless them every one.

THE LADIES.

Thank you, kind sirs.

GENEVIEVE.

And if I go to Germany for my music I promise to be back for Christmas. I wouldn't miss that.

LUCIA.

I hate to think of you over there all alone in those strange pensions.

GENEVIEVE.

But, darling, the time will pass so fast that you'll hardly know I'm gone. I'll be back in the twinkling of an eye.

*(**LEONORA** looks toward left portal, rises, takes several steps. **NURSE** enters, with baby, down left.)*

LEONORA.

Oh, what an angel! The darlingest baby in the world. Do let me hold it, nurse.

*(The **NURSE** resolutely has been crossing the stage and now exits at the right portal. **LEONORA** follows.)*

Oh, I did love it so!

*(**CHARLES** rises, put his arm around his wife, whispering, and slowly leads her back to her chair.)*

GENEVIEVE.

(Softly to her mother as the other two cross) Isn't there anything I can do?

LUCIA.

(Raises her eyebrows, ruefully) No, dear. Only time, only the passing of time can help in these things.

(**Charles** *returns to his seat. Slight pause.*)

Don't you think we could ask Cousin Ermengarde to come and live with us here? There's plenty for everyone and there's no reason why she could go on teaching the first grade for ever and ever. She wouldn't be in the way, would she, Charles?

CHARLES.

No, I think it would be fine. -- A little more potato and gravy, anybody? A little more turkey, Mother?

(**COUSIN BRANDON** *rises and starts slowly toward the dark portal.* **LUCIA** *rises and stands for a moment with her face in her hands.*)

COUSIN BRANDON.

(Muttering) It was great to be in Alaska in those days...

GENEVIEVE.

(Half rising, and gazing at her mother in fear) Mother, what is...?

LUCIA.

(Hurriedly) Hush, my dear. It will pass. -- Hold fast to your music, you know. *(As* **GENEVIEVE** *starts toward her)* No, no. I want to be alone for a few minutes.

CHARLES.

If the Republicans collected all their votes instead of going off into cliques among themselves, they might prevent his getting a second term.

(**LUCIA** *turns and starts after* **COUSIN BRANDON** *toward the right.*)

GENEVIEVE.

Charles, Mother doesn't tell us, but she hasn't been very well these days.

CHARLES.
   Come, Mother, we'll go to Florida for a few weeks.

(**GENEVIEVE** *rushes toward her mother.*)

(*Exit* **COUSIN BRANDON** *right.*)

LUCIA.
   (*By the portal, smiling at* **GENEVIEVE** *and waving her hand*) Don't be foolish. Don't grieve.

(**LUCIA** *clasps her hands under her chin. Her lips move, whispering. She walks serenely through the portal.*)

GENEVIEVE.
   (*Stares after her*) But what will I do? What's left for me to do?

(*She returns to her seat.*)

(*At the same moment the* **NURSE**, *with two babies, enters from the Left.* **LEONORA** *rushes to them.*)

LEONORA.
   O my darlings...twins...Charles, aren't they glorious! Look at them. Look at them. (**CHARLES** *crosses to down left.*)

CHARLES.
   (*Bending over the basket*) Which is which?

LEONORA.
   I feel as though I were the first mother who ever had twins. -- Look at them now! But why wasn't Mother Bayard allowed to stay and see them!

GENEVIEVE.
   (*Rising suddenly distraught, loudly*) I don't want to go on. I can't bear it.

CHARLES.
   (*Goes to her quickly. They sit down. He whispers to her earnestly taking both her hands.*) But, Genevieve, Genevieve! How frightfully Mother would feel to think that...Genevieve!

GENEVIEVE.

(Wildly) I never told her how wonderful she was. We all treated her as though she were just a friend in the house. I thought she'd be here forever. *(Sits)*

LEONORA.

(Timidly) Genevieve darling, do come one minute and hold my babies' hands.

(GENEVIEVE *collects herself and goes over to the* **NURSE.** *She smiles brokenly into the basket.)*

We shall call the girl Lucia after her grandmother, -- will that please you? Do just see what adorable little hands they have.

GENEVIEVE.

They are wonderful, Leonora.

LEONORA.

Give him your finger, darling. Just let him hold it.

CHARLES.

And we'll call the boy Samuel. -- Well, now everybody come and finish your dinners.

(The women take their places. The **NURSE** *exits into the hall.* **CHARLES** *calls out.)*

Don't drop them, nurse; at least don't drop the boy. We need him in the firm.

(He returns to his place.)

LEONORA.

Someday they'll be big. Imagine! They'll come in and say, "Hello, Mother!"

CHARLES.

(Now forty, dignified) Come, a little wine, Leonora, Genevieve? Full of iron. Eduardo, fill the ladies' glasses. It certainly is a keen, cold morning. I used to go skating with Father on mornings like this and Mother would come back from church saying --

GENEVIEVE.
  (Dreamily) I know: saying, "Such a splendid sermon. I cried and cried."

LEONORA.
  Why did she cry, dear?

GENEVIEVE.
  That generation all cried at sermons. It was their way.

LEONORA.
  Really, Genevieve?

GENEVIEVE.
  They had had to go since they were children and I suppose sermons reminded them of their fathers and mothers, just as Christmas dinners do us. Especially in an old house like this.

LEONORA.
  It really is pretty old, Charles. And so ugly, with all that ironwork filigree and that dreadful cupola.

GENEVIEVE.
  Charles! You aren't going to change the house!

CHARLES.
  No, no. I won't give up the house, but great heavens! It's fifty years old. This spring we'll remove the cupola and build a new wing toward the tennis courts.

  *(From now on **GENEVIEVE** is seen to change. She sits up more straightly. The corners of her mouth become fixed. She becomes a forthright and slightly disillusioned spinster. **CHARLES** becomes the plain businessman and a little pompous.)*

LEONORA.
  And then couldn't we ask your dear old Cousin Ermengarde to come and live with us? She's really the self-effacing kind.

CHARLES.
  Ask her now. Take her out of the first grade.

GENEVIEVE.

We only seem to think of it on Christmas Day with her Christmas card staring us in the face.

*(Enter left, **NURSE** and baby.)*

LEONORA.

Another boy! Another boy! Here's a Roderick for you at last.

CHARLES.

(Crossing down left) Roderick Brandon Bayard. A regular little fighter.

LEONORA.

Goodbye, darling. Don't grow up too fast. Yes, yes. Aië, aië, aië -- stay just as you are. -- Thank you, nurse.

GENEVIEVE.

(Who has not left the table, repeats dryly) Stay just as you are.

*(Exit **NURSE** into the hall. **CHARLES** and **LEONORA** return to their places.)*

LEONORA.

Now I have three children. One, two, three. Two boys and a girl. I'm collecting them. It's very exciting. *(Over her shoulder)* What, Hilda? Oh, Cousin Ermengarde's come! Come in, cousin.

*(She goes to the hall door and welcomes **COUSIN ERMENGARD**, already an elderly woman.)*

ERMENGARDE.

(Shyly) It's such a pleasure to be with you all.

CHARLES.

(Pulling out the center chair for her) The twins have taken a great fancy to you already, Cousin.

LEONORA.

The baby went to her at once.

CHARLES.
Exactly how are we related, Cousin Ermengarde? -- There, Genevieve, that's your specialty. -- First a little more turkey and stuffing, Mother? Cranberry sauce, anybody?

GENEVIEVE.
I can work it out: Grandmother Bayard was your ...

ERMENGARDE.
Your Grandmother Bayard was a second cousin of my Grandmother Haskins through the Wainrights.

CHARLES.
Well, it's all in a book somewhere upstairs. All that kind of thing is awfully interesting.

GENEVIEVE.
Nonsense. There are no such books. I collect my notes off gravestones, and you have to scrape a good deal of moss -- let me tell you -- to find one great-grandparent.

CHARLES.
There's a story that my Grandmother Bayard crossed the Mississippi on a raft before there were any bridges or ferryboats. She died before Genevieve and I were born. Time certainly goes very fast in a great new country like this. Have some more cranberry sauce, Cousin Ermengarde.

ERMENGARDE.
(Timidly) Well, time must be passing very slowly in Europe with this dreadful, dreadful war going on.

CHARLES.
Perhaps an occasional war isn't so bad after all. It clears up a lot of poisons that collect in nations. It's like a boil.

ERMENGARDE.
Oh dear, oh, dear!

CHARLES.
(With relish) Yes, it's like a boil. -- Ho! Ho! Here are your twins.

(*The twins appear at the door into the hall.* **SAM** *is wearing the uniform of an ensign* **LUCIA** *is fussing over some detail on it.*)

LUCIA.
   Isn't he wonderful in it, Mother?

CHARLES.
   Let's get a look at you.

SAM.
   Mother, don't let Roderick fool with my stamp album while I'm gone. (*Crosses to the right*)

LEONORA.
   Now, Sam, do write a letter once in a while. Do be a good boy about that, mind.

SAM.
   You might send some of those cakes of yours once in a while, Cousin Ermengarde.

   (**LEONORA** *rises.*)

ERMENGARDE.
   (*In a flutter*) I certainly will, my dear boy.

   (**LEONORA** *crosses to center.* **SAM** *crosses down right.*)

CHARLES.
   (*Rising and facing* **SAM**.) If you need any money, we have agents in Paris and London, remember.

LEONORA.
   (*crossing down right*) Do be a good boy, Sam.

SAM.
   Well, goodbye …

(**SAM** *kisses his mother without sentimentality and goes out briskly through the right portal. They all return to their seats,* **LUCIA** *sitting at her father's left.*)

ERMENGARDE.

(In a low, constrained voice, making conversation) I spoke to Mrs. Fairchild for a moment coming out of church. Her rheumatism's a little better, she says. She sends you her warmest thanks for the Christmas present. The workbasket, wasn't it? *(Slight pause)* -- It was an admirable sermon. And our stained-glass window looked so beautiful. Leonora, so beautiful. Everybody spoke of it and so affectionately of Sammy.

*(**LEONORA**'s hand goes to her mouth.)*

Forgive me, Leonora, but it's better to speak of him than not to speak of him when we're all thinking of him so hard.

LEONORA.

(Rising, in anguish) He was a mere boy. He was a mere boy, Charles.

CHARLES.

My dear, my dear.

LEONORA.

I want to tell him how wonderful he was. We let him go so casually. I want to tell him how we all feel about him. -- Forgive me, let me walk about a minute. -- Yes, of course, Ermengarde -- it's best to speak of him.

LUCIA.

*(In a low voice to **GENEVIEVE**)* Isn't there anything I can do?

GENEVIEVE.

No, no. Only time, only the passing of time can help in these things.

*(**LEONORA**, straying about the room, finds herself near the door to the hall at the moment that her son **RODERICK** enters. He links his arm with hers and leads her back to the table. He looks up and sees the family's dejection.)*

RODERICK.

What's the matter, anyway? What are you all so glum about? The skating was fine today.

CHARLES.

Roderick, I have something to say to you.

RODERICK.

(Standing below his mother's chair) Everybody was there. Lucia skated in the corners with Dan Creighton the whole time. When'll it be, Lucia, when'll it be?

LUCIA.

I don't know what you mean.

RODERICK.

Lucia's leaving us soon, Mother. Dan Creighton, of all people.

CHARLES.

(Ominously) Young man, I have something to say to you.

RODERICK.

Yes, Father.

CHARLES.

Is it true, Roderick, that you made yourself conspicuous last night at the Country Club -- at a Christmas Eve dance, too?

LEONORA.

Not now, Charles, I beg of you. This is Christmas dinner.

RODERICK.

(Loudly) No, I didn't.

LUCIA.

Really, Father, he didn't. It was that dreadful Johnny Lewis.

CHARLES.

I don't want to hear about Johnny Lewis. I want to know whether a son of mine...

LEONORA.

Charles, I beg of you...

CHARLES.

The first family of this city!

RODERICK.

(Crossing below table to left center) I hate this town and everything about it. I always did.

CHARLES.

You behaved like a spoiled puppy, sir, an ill-bred spoiled puppy.

RODERICK.

What did I do? What did I do that was wrong?

CHARLES.

(Rising) You were drunk and you were rude to the daughters of my best friends.

GENEVIEVE.

(Striking the table) Nothing in the world deserves an ugly scene like this. Charles, I'm ashamed of you.

RODERICK.

Great God, you gotta get drunk in this town to forget how dull it is. Time passes so slowly here that it stands still, that's what's the trouble. *(Turns and walks toward the hall door)*

CHARLES.

Well, young man, we can employ your time. You will leave the university and you will come into the Bayard factory on January second.

RODERICK.

(At the door into the hall) I have better things to do than to go into your old factory. I'm going somewhere where time passes, my God!
(He goes out into the hall)

LEONORA.

(Rising and rushing to door) Roderick, Roderick, come here just a moment. -- Charles, where can he go?

LUCIA.

(Rising) Shh, Mother. He'll come back.

(She leads her mother back to chair then starts for the hall door.)

Now I have to go upstairs and pack my trunk.

LEONORA.

I won't have any children left! *(Sits)*

LUCIA.

(From the door) Shh, Mother. He'll come back. He's only gone to California or somewhere. Cousin Ermengared has done most of my packing -- thanks a thousand times, Cousin Ermengared. *(She kisses her mother as an afterthought.)* I won't be long.

(She runs out into the hall.)

ERMENGARDE.

(Cheerfully) It's a very beautiful day. On the way home from church I stopped and saw Mrs. Foster a moment. Her arthritis comes and goes.

LEONORA.

Is she actually in pain, dear?

ERMENGARDE.

Oh, she says it'll all be the same in a hundred years!

LEONORA.

Yes, she's a brave little stoic.

CHARLES.

Come now, a little white meat, Mother? -- Mary, pass my cousin's plate.

LEONORA.

What is it, Mary? -- Oh, here's a telegram form them in Paris! "Love and Christmas greetings to all." I told them we'd be eating some of their wedding cake and thinking about them today. It seems to be all decided that they will settle down in the east, Ermengarde. I can't even have my daughter for a neighbor. They hope to build before long somewhere on the shore north of New York.

GENEVIEVE.

There is no shore north of New York.

LEONORA.

Well, east or west or whatever it is.

(Pause)

CHARLES.

(Now sixty years old) My, what a dark day. How slowly time passes without any young people in the house.

LEONORA.

I have three children somewhere.

CHARLES.

(Blunderingly offering comfort) Well, one of them gave his life for his country.

LEONORA.

(Sadly) And one of them is selling aluminum in China.

GENEVIEVE.

(Slowly working herself up to a hysterical crisis) I can stand everything but this terrible soot everywhere. We should have moved long ago. We're surrounded by factories. We have to change the window curtains every week.

LEONORA.

Why, Genevieve!

GENEVIEVE.

I can't stand it. *(Rising)* I can't stand it any more. I'm going aboard. It's not only the soot that comes through the very walls of this house; it's the *thoughts*, it's the thought of what has been and what might have been here. And the feeling about this house of the years *grinding away*. My mother died yesterday -- not twenty-five years ago. Oh, I'm going to live and die aboard!

(CHARLES rises.)

Yes, I'm going to be the American old maid living and dying in a pension in Munich or Florence.

ERMENGARDE.

Genevieve, you're tired.

CHARLES.

Come, Genevieve, take a good drink of cold water. Mary, open the window a minute.

GENEVIEVE.
   I'm sorry. I'm sorry.

   (**GENEVIEVE** *hurries tearfully out into the hall.* **CHARLES** *sits.*)

ERMENGARDE.
   Dear Genevieve will come back to us, I think.

   (She rises and starts toward the right portal.)

   You should have been out today, Leonora. It was one of those days when everything was encircled with ice. Very pretty, indeed.

CHARLES.
   Leonora, I used to go skating with Father on morning like this. I wish felt a little better.

   (**CHARLES** *rises and starts following* **ERMENGARDE** *toward the right.*)

LEONORA.
   (Rising) What! Have I got two invalids on my hands at once? Now, Cousin Ermengarde, you must get better and help me nurse Charles.

ERMENGARDE.
   I'll do my best.

   (**ERMENGARDE** *turns at the very portal and comes back to the table*)

CHARLES.
   Well, Leonora, I'll do what you ask. I'll write the puppy a letter of forgiveness and apology. It's Christmas Day. I'll cable it. That's what I'll do.

   (He goes out the portal Right. Slight pause.)

LEONORA.
   (Drying her eyes) Ermengarde, it's such a comfort having you here with me. *(Sits in place at left of* **ERMENGARDE**, *formerly occupied by* **GENEVIEVE**.*)* Mary, I really can't eat anything. Well, perhaps, a sliver of white meat.

ERMENGARDE.

(*Very old*) I spoke to Mrs. Keene for a moment coming out of church. She asked after the young people. -- At church I felt very proud sitting under our windows, Leonora, and our brass tablets. The Bayard aisle, -- it's a regular Bayard aisle and I love it.

LEONORA.

Ermengarde, would you be very angry with me if I went and stayed with the young people a little this spring?

ERMENGARDE.

Why, no. I know how badly they want you and need you. Especially now that they're about to build a new house.

LEONORA.

You wouldn't be angry? This house is yours as long as you want it, remember.

RMENGARDE.

I don't see why the rest of you dislike it. I like it more than I can say.

LEONORA.

I won't be long. I'll be back in no time and we can have some more of our readings aloud in the evening.

(*She kisses her and goes into the hall.*)

(**ERMENGARDE** *left alone, eats slowly and talks to Mary*)

ERMENGARDE.

Really, Mary, I'll change my mind. If you'll ask Bertha to be good enough to make me a little eggnog. A dear little eggnog. -- Such a nice letter this morning from Mrs. Bayard, Mary. Such a nice letter. They're having their first Christmas dinner in the new house. They must be very happy. They call her Mother Bayard, she says, as though she were an old lady. And she says she finds it more comfortable to come and go in a wheelchair. -- Such a dear letter. ...And, Mary, I can tell you a secret. It's still a great secret, mind! They're expecting a grandchild. Isn't that good news! Now I'll read a little.

(She props a book up before her, still dipping a spoon into a custard from time to time. She grows from very old to immensely old. She sighs. She finds a cane beside her, and totters out of the right portal, murmuring:)

Dear little Roderick and little Lucia.

(The audience gazes for a space of time at the table before the lights slowly dim out.)

End of Play

國家圖書館出版品預行編目（CIP）資料

漫長的聖誕晚餐／懷爾德著；林尚義譯‧導讀．--
初版．-- 新北市：華藝學術出版：華藝數位發行，
2014.11
面；公分
中英對照
ISBN 978-986-5663-51-3（平裝）

874.55　　　　　　　　　　　　　　103023534

漫長的聖誕晚餐

作　　　者／懷爾德（Thornton Wilder）
譯‧導讀／林尚義
責任編輯／葉菀婷、施鈺娟
美術編輯／林玫秀

發　行　人／鄭學淵
總　編　輯／范雅竹
發行業務／楊子朋
法律顧問／立暘法律事務所　歐宇倫律師
出　　　版／華藝學術出版社（Airiti Press Inc.）
　　　　　　234 新北市永和區成功路一段 80 號 18 樓
　　　　　　電話：(02)2926-6006 傳真：(02)2923-5151
　　　　　　服務信箱：press@airiti.com
發　　　行／華藝數位股份有限公司
　　　　　　戶名（郵政／銀行）：華藝數位股份有限公司
　　　　　　郵政劃撥帳號：50027465
　　　　　　銀行匯款帳號：045039022102（國泰世華銀行　中和分行）
ISBN ／ 978-986-5663-51-3
出版日期／ 2014 年 11 月初版
定價／新台幣 280 元

版權所有‧翻印必究　　Printed in Taiwan
（如有缺頁或破損，請寄回本社更換，謝謝）

THE LONG CHRISTMAS DINNER by Thornton Wilder
Copyright © 1931 The Wilder Family LLC
Published by arrangement with The Wilder Family LLC
and The Barbara Hogenson Agency, Inc.
All rights reserved.